匠心读韵

主　编◎钱代伦
副主编◎秦有财　王明静　关华华

北京理工大学出版社
BEIJING INSTITUTE OF TECHNOLOGY PRESS

内容简介

本书选取数十篇经典作品，内容为反映中华优秀传统文化的经典诗文、近现代有社会影响力的优秀文学作品、富有人文特色的名人佳作，以及反映工匠精神养成的优秀作品。为了帮助读者更好地理解原文，附设了"知识驿站"和"作品档案"两个模块。同时为了帮助学生总结提高，设置了"我读我思"模块，鼓励学生分享自己的阅读体会。

本书既适合技工院校和中等职业学校学生晨读时使用，又可作为技工院校和中等职业学校语文课程的辅助教材，也可作为广大社会青年的课外读物。

版权专有　侵权必究

图书在版编目（CIP）数据

匠心读韵 / 钱代伦主编. -- 北京：北京理工大学出版社，2024.8.
ISBN 978-7-5763-4422-6
Ⅰ．I211
中国国家版本馆CIP数据核字第2024AY5217号

责任编辑：李慧智　　**文案编辑**：李慧智
责任校对：王雅静　　**责任印制**：施胜娟

出版发行 / 北京理工大学出版社有限责任公司
社　　址 / 北京市丰台区四合庄路6号
邮　　编 / 100070
电　　话 / （010）68914026（教材售后服务热线）
　　　　　　（010）68944437（课件资源服务热线）
网　　址 / http://www.bitpress.com.cn

版 印 次 / 2024年8月第1版第1次印刷
印　　刷 / 定州启航印刷有限公司
开　　本 / 889 mm × 1194 mm　1/16
印　　张 / 11.5
字　　数 / 212千字
定　　价 / 37.00元

图书出现印装质量问题，请拨打售后服务热线，负责调换

前言 Preface

　　文化是一个民族不息的血脉，是人民的精神家园。中华民族在悠久而辉煌的历史中积淀了博大精深的文化。中华优秀传统文化是无数古圣先贤、仁人志士对人生、社会、宇宙、自然的思索与总结，它既是中华民族的智慧结晶，又是当代中国人道德规范、价值取向、行为准则的集中再现；既是我们的立身处世之本，又是我们不可或缺的精神力量。诵读中华经典，不仅仅是一种育人理念与行为，更是传播中华优秀传统文化的契机。作为技工院校和中职学校，既要重视学生技能的培养，也要重视学生人文素养的熏陶，培养德智体美劳全面发展的社会主义建设者和接班人，实现"立德树人"的根本目标。

　　传承弘扬"工匠精神"，培养千千万万能工巧匠、大国工匠，是"中国制造"转型升级的根本保证，也是中华民族伟大复兴的重要环节。但是一些学生对"工匠精神"认知模糊，流于字面；部分学生只知道"工匠精神"是一种好的品质，但究竟好在哪里，其内涵是什么，却并不明确；还有的学生对于我国的"工匠精神"并不自信，对于我国传统"工匠精神"知之甚少，认识零散。

　　我国悠久的历史留下了许多宝贵的典籍，阅读这些典籍，不仅可以规范学生的行为，培养学生的道德品质，帮助学生提高个人修养，树立高尚、健全的人格，还可以真切地感知古代匠人的工作内容，贴近地了解中国古代手工业发展的精度，并从中体味中国传统"工匠精神"的内涵与力量。

　　为贯彻落实中共中央办公厅、国务院办公厅《关于实施中华优秀传统文化传承发展工程的意见》要求，用中华优秀经典文化教育学生，丰富立德树人工作内容，坚定学生文化自信，创设培养德才兼备、全面发展的社会主义建设者和接班人的新方式、新方法、新路径和新载体，我们编写了本书，用于指导学生晨读。

本书选取数十篇经典作品，内容为反映中华优秀传统文化的经典诗文、近现代有社会影响力的优秀文学作品、富有人文特色的名人佳作，以及反映工匠精神养成的优秀作品。为了帮助读者更好地理解原文，附设了"知识驿站"和"作品档案"两个模块。"知识驿站"对一些较难理解的字词进行注音、解释并翻译成白话文，"作品档案"简单介绍作者生平和相关背景，对文章的思想内涵和艺术特色加以阐释。同时为了帮助学生总结提高，设置了"我读我思"模块，鼓励学生分享自己的阅读体会。

本书既适合技工院校和中等职业学校学生晨读时使用，又可作为技工院校和中等职业学校语文课程的辅助教材，也可作为广大社会青年的课外读物。

本书由钱代伦担任主编，秦有财、王明静、关华华担任副主编。

本书在编写过程中参考和借鉴了许多专家学者的文献资料，在此一并致谢。

中华经典浩如烟海，博大精深，希望同学们通过诵读经典，开启智慧的大门，修仁心，铸匠心。

由于时间仓促，编者水平有限，书中难免存在不足之处，恳请广大读者批评指正。

目录 Contents

赤胆忠心——家国情韵篇 ... 1

    乡　思 ... 3

    满江红 ... 5

    过零丁洋 ... 7

    赴戍登程口占示家人二首 ... 9

    狱中题壁 ... 11

    沁园春·长沙 ... 13

    我爱这土地 ... 16

    乡　愁 ... 17

    少年中国说（节选） ... 19

    月是故乡明（节选） ... 21

    格律诗的朗读 ... 23

孝悌仁心——家风传韵篇 ... 29

    月夜忆舍弟 ... 31

    游子吟 ... 33

    步　虚 ... 35

    岁暮到家 ... 37

    五不孝 ... 39

    弟子规·入则孝 ... 41

纸船——寄母亲 44

　　父爱之舟（节选）.. 46

　　孝心无价（节选）.. 50

　　自由诗的朗读 52

玉壶冰心——师友谊韵篇 57

　　送杜少府之任蜀州 59

　　芙蓉楼送辛渐 61

　　奉和令公绿野堂种花 63

　　卜算子·送鲍浩然之浙东 65

　　临江仙·送钱穆父 67

　　新　竹 69

　　伯牙善鼓琴 70

　　师　说（节选）.. 72

　　师友箴（并序）.. 74

　　我的老师 76

　　散文的朗读 80

　　议论文的朗读 81

笃学初心——智达才韵篇 83

　　长歌行 85

　　奉赠韦左丞丈二十二韵（节选）.................................. 87

　　劝学诗 91

　　观书有感二首·其一 93

　　四时读书乐 95

　　勉学（节选）.. 99

　　谈读书 103

　　读书三境界 105

　　读书使人优美 107

　　为什么要多读书 109

　　文言文的朗读 111

悟道静心——修身雅韵篇 ... 113

  竹　石 ... 115

  做一个战士 ... 117

  闪耀吧，青春的火光 ... 119

  青春万岁（序诗） ... 121

  相信未来 ... 123

  修身齐家治国平天下 ... 127

  生于忧患，死于安乐 ... 129

  报任安书（节选） ... 132

  陋室铭 ... 135

  菜根谭·修省 ... 138

  文学名著节选的朗读 ... 143

良工匠心——传习远韵篇 ... 145

  古剑篇 ... 147

  秋浦歌十七首（其十四） ... 150

  李凭箜篌引 ... 152

  惜华佗 ... 155

  赠昊十九 ... 157

  庖丁解牛 ... 159

  核舟记 ... 162

  匠心之道"守破离" ... 166

  一生只忠诚于一件事 ... 168

  大国工匠年度人物及颁奖词（节选） ... 170

  寓言的朗读 ... 172

参考文献 ... 173

「赤胆忠心——家国情韵篇」

导读

"家是最小国，国是最大家，有国就有家……"这些耳熟能详的话透露出朴素的家国思想，流淌着家国情怀。

家国情怀是中国人对自己家庭和国家祸福一体、荣辱与共、休戚相关的情感体验以及价值认识的产物，表达着中国人将"家"与"国"连在一起不可分割的情感共同体和命运共同体意识，也是根源于家国一体、家国同构、家国圆融基础上的一种既朴素又深刻的伦理情感和民族精神。

家国情怀如同一条柔韧的纽带，将每个人的成长与家国紧密相连。从屈原的"长太息以掩涕兮，哀民生之多艰"、文天祥的"人生自古谁无死，留取丹心照汗青"、林则徐的"苟利国家生死以，岂因祸福避趋之"，再到鲁迅的"我以我血荐轩辕"、周恩来的"为中华之崛起而读书"，汗青万卷，字里行间洋溢着的都是满满的家国之情。多少沧桑付流水，常念家国在心怀。

乡 思

[宋] 李 觏

人言落日①是天涯，望极②天涯不见家。
已恨碧山③相阻隔，碧山还被暮云遮。

[知识驿站]

注释

① 落日：太阳落山之地。
② 望极：望尽，极目远望。
③ 碧山：这里指青山。

译文

人们说，那太阳落山的地方就是天涯，我竭力朝天涯眺望，也没法看到我的家。
正在恼恨眼前的青山遮断了我的视线，重重暮云，又把青山密遮。

（参考资料：李梦生. 宋诗三百首全解 [M]. 上海：复旦大学出版社，2007.）

[作品档案]

李觏（觏音 gòu，1009—1059 年），字泰伯，号盱江先生，北宋建昌军南城（今江西省抚州市资溪县高阜镇）人，哲学家、思想家、教育家、改革家。李觏自幼聪颖好学，少有盛名，但科举一再受挫，仕途渺茫。他博学通识，尤长于礼，敢于抒发己见，推理经义，成为"一时儒宗"。李觏一生以教学为主，创办了盱江书院，故又称"李盱江"，学者称盱江先生。

这首诗的第一、二句从远处着笔，写诗人极目天涯时的所见所感。诗人远望时正当黄昏，夕阳西坠，他遥望故乡，故乡不见，远在天涯。这时候，他看到了落日，又想到落日之处就是天涯，然而可以明明白白地看得见落日，却仍然望不到故乡。这两句，把思家的愁苦表现得很深刻。第三、四句从近处着墨，写诗人凝视碧山的所见所感。故乡不可见，不仅因为距离遥远，还因为路途阻隔。当苍茫的暮色遮掩住碧山，凝重压抑之感更加强烈。诗至结尾，诗人的视野逐步收缩，色调由明变暗，层层递进，那乡思也就愈来愈浓郁，以致浓得化不开。

这首诗突出了诗人归乡无计的无奈和痛苦,表达了诗人对故乡深挚浓厚的思念之情。

你有"独在异乡为异客"的经历吗?请结合自己的经历,谈谈对《乡思》的理解。

满江红

[宋] 岳 飞

怒发冲冠，凭栏处、潇潇雨歇①。抬望眼，仰天长啸②，壮怀激烈。三十功名尘与土，八千里路云和月③。莫等闲④、白了少年头，空悲切！

靖康耻⑤，犹未雪。臣子恨，何时灭！驾长车，踏破贺兰山⑥缺。壮志饥餐胡虏⑦肉，笑谈渴饮匈奴血。待从头、收拾旧山河，朝天阙⑧。

[知识驿站]

注释

①怒发冲冠：气得头发竖起，以至于将帽子顶起，形容愤怒至极。冠，帽子。潇潇：形容雨势急骤。

②长啸：感情激动时撮口发出清而长的声音，为古人的一种抒情举动。

③三十功名尘与土，八千里路云和月：三十多年来建立了一些功名，不过很微不足道，转战南北八千里，经过多少风云人生。

④等闲：轻易，随便。

⑤靖康耻：宋钦宗靖康二年（1127年），金兵攻陷汴京，虏走徽、钦二帝。

⑥贺兰山：贺兰山脉，位于宁夏回族自治区与内蒙古自治区交界处，当时被金兵占领。一说是位于河北省邯郸市磁县境内的贺兰山。

⑦胡虏（lǔ）：对女真贵族入侵者的蔑称。

⑧朝天阙：朝见皇帝。天阙，本指宫殿前的楼观，此指皇帝生活的地方。

译文

我愤怒得头发竖了起来，帽子被顶飞了。独自登高凭栏远眺，骤急的风雨刚刚停歇。抬头远望天空，禁不住仰天长啸，一片报国之心充满心怀。三十多年来虽已建立一些功名，但如同尘土微不足道，南北转战八千里，经过多少风云人生。好男儿，要抓紧时间为国建功立业，不要空空将青春消磨，等年老时徒自悲切。

靖康之变的耻辱，至今仍然没有被雪洗。作为国家臣子的愤恨，何时才能泯灭！我要驾着战车向贺兰山进攻，连贺兰山也要踏为平地。我满怀壮志，打仗饿了就吃敌人的肉，谈笑渴了就喝敌人的鲜血。待我重新收复旧日山河，再带着捷报向国家报告胜利的消息！

（参考资料：罗立刚．长恨此身非我有：豪放词[M]．北京：人民文学出版社，2016.）

[作品档案]

岳飞（1103—1142年），字鹏举，宋朝相州汤阴（今河南省汤阴县）人。南宋时期抗金名将、军事家、战略家、书法家、诗人，位列南宋"中兴四将"之首。岳飞是南宋最杰出的统帅，他重视人民抗金力量，缔造了"连结河朔"之谋，主张黄河以北的抗金义军和宋军互相配合，夹击金军，以收复失地。岳飞的文学才华也是将帅中少有的，他的不朽词作《满江红》，是千古传诵的爱国名篇。

这首词的上片，词人表达了对中原沦陷的痛心疾首，对前功尽弃的惋惜之情，透露出他壮志未酬的悲愤。词人以炽烈的笔触，抒发了自己愿在有生之年为国家建功立业的决心。下片则更显激昂，词人将对敌人的刻骨仇恨、对祖国统一的殷切期望以及对朝廷的忠诚之心一一抒发出来。全词的情调激昂，语言慷慨壮烈，展现出一种浩然正气和英雄气概，不仅反映了词人的个人情感，更是他对民族丹心一片的写照，也表现了作者报国立功的信心和乐观奋发的精神。

这首词代表了岳飞"精忠报国"的英雄之志，词里句中无不透出雄壮之气，充分表现了作者忧国报国的壮志胸怀。

我读我思

同学，你还知道岳飞的哪篇诗词？请抄录在下面。

过零丁洋①

[宋]文天祥

辛苦遭逢起一经②，干戈寥落四周星③。
山河破碎风飘絮④，身世浮沉雨打萍⑤。
惶恐滩⑥头说惶恐，零丁洋里叹零丁⑦。
人生自古谁无死？留取丹心照汗青⑧。

[知识驿站]

注释

① 零丁洋：零丁洋即"伶仃洋"。现在广东省珠江口外。1278年年底，文天祥率军在广东五坡岭与元军激战，兵败被俘，囚禁于船上时曾经过零丁洋。

② 遭逢起一经：遭逢，遭遇到朝廷选拔。起一经，因为精通一种经书，通过科举考试而被朝廷起用做官。

③ 干戈：指抗元战争。寥落：荒凉冷落。一作"落落"。四周星：四周年。文天祥从1275年起兵抗元，到1278年被俘，一共四年。

④ 絮：柳絮。

⑤ 萍：浮萍。

⑥ 惶恐滩：在今江西省万安县，是赣江中的险滩。1277年，文天祥在江西被元军打败，所率军队死伤惨重，妻子儿女也被元军俘虏。他经惶恐滩撤到福建。

⑦ 零丁：孤苦无依的样子。

⑧ 丹心：红心，比喻忠心。汗青：指史册。古代用简写字，先用火烤干其中的水分，再刮去竹青部分，以便于书写和防蛀，称为汗青，因此后世把著作完成叫汗青，引申为史册之义。

译文

回想我早年由科举入仕历尽千辛万苦，如今战火消歇已经过四年的艰苦岁月。

国家危在旦夕似那狂风中的柳絮，自己一生的坎坷如雨中浮萍，漂泊无根，时起时沉。

惶恐滩的惨败让我至今依然惶恐，可叹我零丁洋里身陷元虏自此孤苦无依。

自古以来，人终不免一死！倘若能为国尽忠，死后仍可光照千秋，青史留名。

(参考资料：范宁. 爱国诗词鉴赏辞典[M]. 南京：南京大学出版社，1992.)

[作品档案]

文天祥（1236—1283年），字履善，又字宋瑞，自号文山，吉州庐陵（今江西吉安县）人，南宋末大臣，文学家，抗元英雄。宝祐四年（1256年）进士，官到右丞相兼枢密使。被派往元军的军营中谈判，被扣留。后脱险经高邮嵇庄到泰县塘湾，由南通南归，坚持抗元。祥兴元年（1278年）兵败被张弘范俘虏，在狱中坚持斗争三年多，后在柴市从容就义。著有《文山诗集》《指南录》《指南后录》等作品。

《过零丁洋》是文天祥的明志诗，此诗格调大气磅礴，情感真挚自然，语言工整精妙、生动形象、含意丰富。诗人从生平遭遇写起，思今忆昔，感慨万端，并对国破家亡的现实进行铺叙，最后以死明志，对自身命运毫不犹豫地做出选择。全诗表现了诗人慷慨激昂的爱国热情和视死如归的高风亮节，以及舍生取义的人生观。他把作诗与做人、诗格与人格融为一体，情调高昂地激励和感召着古往今来无数志士仁人为正义事业英勇献身。

文天祥被囚系土室，环境污浊，艰苦备尝，毅然拒绝了元朝统治者的利诱威胁。结合本诗，请思考，是何种信念支撑着文天祥宁死不屈的斗争？

赴戍登程口占示家人二首

[清] 林则徐

出门一笑莫心哀，浩荡襟怀到处开。
时事难从无过立①，达官非自有生来。
风涛回首空三岛②，尘壤从头数九垓③。
休信儿童④轻薄语，嗤他赵老送灯台⑤。

力微任重久神疲，再竭衰庸⑥定不支。
苟利国家生死以⑦，岂因祸福避趋之。
谪居⑧正是君恩厚，养拙刚于戍卒宜⑨。
戏与山妻谈故事⑩，试吟断送老头皮。

[知识驿站]

注释
① 立：成。
② 风涛回首空三岛：三岛，指英伦三岛，即英国的英格兰、苏格兰、爱尔兰。此句回顾抗英经历，足见英国无人。
③ 尘壤从头数九垓（gāi）：九垓，九州，天下。这句可能是用古神话中竖亥自东极步行至西极的故事（见《山海经·海外东经》），表示自己将风尘仆仆地走遍各地观察形势。
④ 儿童：指幼稚无知的人，代指对林则徐被贬幸灾乐祸的人。
⑤ 赵老送灯台：即上句的"轻薄语"。《归田录》："俚谚云：'赵老送灯台，一去更不来。'"当时清廷中的投降派诅咒林则徐。说他被贬新疆是"赵老送灯台"，永无回来之日。
⑥ 衰庸：意近"衰朽"，衰老而无能，这里是自谦之词。
⑦ 以：用，去做。
⑧ 谪居：因有罪被遣戍远方。
⑨ 养拙：犹言藏拙，有守本分、不显露自己的意思。刚：正好。戍卒宜：做一名戍卒为适当。这句诗谦恭中含有愤激与不平。
⑩ 山妻：对自己妻子的谦称。故事：旧事，典故。

译文

我离家外出去远行,无论到哪里,都会敞开宽阔的胸怀。我们要乐观旷达,心里不要难受悲哀。世上的大事,国家的大事,是很难从没有过错中成功的,就连高官达贵也不是天生得来。回想广东那轰轰烈烈的禁烟抗英,我蔑视英国侵略者。从今以后,我将游历祖国大地,观察形势,数历山川。不要理会那班人幸灾乐祸、冷嘲热讽,鄙弃那些"赵老送灯台"之类的混话。

我能力低微而肩负重任,早已感到精疲力尽。一再担当重任,以我衰老之躯,平庸之才,是定然不能支撑了。如果对国家有利,我可以不顾生死。岂能因祸而逃避,见福就趋附呢?我被流放伊犁,正是君恩高厚。我还是退隐不仕,当一名戍卒适宜。我开着玩笑,同老妻谈起《东坡志林》所记宋真宗召对杨朴和苏东坡赴诏狱的故事,说你不妨吟诵一下"这回断送老头皮"那首诗来为我送行。

(参考资料:马骏.中国古典诗词精华类编(乡情卷)[M].呼和浩特:内蒙古大学出版社,1996.)

[作品档案]

林则徐(1785—1850年),福建侯官人(今福建省福州),字元抚,又字少穆、石麟,晚号俟村老人、俟村退叟等,清代后期政治家、思想家和诗人,是中华民族抵御外辱过程中伟大的民族英雄,其主要功绩是虎门销烟。因其主张严禁鸦片、抵抗西方的侵略、坚持维护中国主权和民族利益而深受中国人民的敬仰。

《赴戍登程口占示家人二首》是一组七言古诗。这两首诗情感基调苍凉悲壮,诗中充溢着深沉的情感与坚定的信念,运用对比、排比的手法进行渲染,既表达了诗人对家人的深情厚谊,又展现了其对国家、对民族的忠诚与担当。这两首诗不仅具有艺术价值,更具有历史意义,它为我们展示了林则徐这位伟大爱国者的光辉形象与崇高精神。

我读我思

著名史学家范文澜指出:林则徐是近代中国"睁眼看世界的第一人"。查阅资料,列举林则徐放眼世界的事例。

狱中题壁

[清]谭嗣同

望门投止思张俭①,忍死须臾待杜根②。
我自横刀③向天笑,去留肝胆两昆仑④。

[知识驿站]

注释

①望门投止:望门投宿。张俭:东汉末年高平人,因弹劾宦官侯览,被反诬"结党",被迫逃亡,在逃亡中凡接纳其投宿的人家,均不畏牵连,乐于接待。

②忍死:装死。须臾:不长的时间。杜根:东汉末年定陵人,汉安帝时邓太后摄政、宦官专权,杜根上书要求太后还政,太后大怒,命人以袋装之而摔死,行刑者慕杜根为人,不用力,欲待其出宫而释之。太后疑,派人查之,见杜根眼中生蛆,乃信其死。杜根终得以脱。

③横刀:屠刀,意谓就义。

④两昆仑:有两种说法,其一是指康有为和浏阳侠客大刀王五;其二为"去"指康有为(按:康有为在戊戌政变前潜逃出京,后逃往日本),"留"指自己。

译文

希望出亡的康有为、梁启超在逃亡中投宿时能像张俭一样受到人们的保护,希望战友们能如杜根一样忍死待机完成变法维新的大业。

我自仰天大笑,慷慨赴死,因为去者和留者肝胆相照、光明磊落,有如昆仑山一样的雄伟气魄。

(参考资料:邓莹辉.中国古典诗词精鉴[M].广州:华南师范大学出版社,2012.)

[作品档案]

谭嗣同(1865—1898年),字复生,号壮飞,湖南省浏阳县(今湖南省浏阳市)人,生于顺天府(今北京市),近代著名政治家、思想家,维新派人士。其所著的《仁学》,是维新派的第一部哲学著作,也是中国近代思想史中的重要著作。谭嗣同早年曾在家乡湖南倡办时务学堂、南学会等,主办《湘报》,又倡导开矿山、修铁路,宣传变法维新,推行新政。1898

年，谭嗣同参加领导戊戌变法，失败后被杀，年仅三十三岁，为"戊戌六君子"之一。

《狱中题壁》是一首七言绝句。诗中前两句运用张俭和杜根的典故，揭露顽固派的狠毒，表达了对维新派人士的思念和期待；后两句直接抒发诗人大义凛然、视死如归的雄心壮志。全诗表达了对避祸出亡的变法领袖的褒扬祝福，对阻挠变法的顽固势力的憎恶蔑视，同时也抒发了诗人愿为自己的理想而献身的壮烈情怀，其格调悲壮激越，风格刚健遒劲。

查阅资料，说明谭嗣同参加领导戊戌变法的时代背景。

沁园春·长沙 ①

毛泽东

独立寒秋②，湘江③北去，橘子洲④头。
看万山⑤红遍，层林尽染⑥；漫江⑦碧透，百舸争流⑧。
鹰击长空，鱼翔浅底⑨，万类霜天竞自由⑩。
怅寥廓⑪，问苍茫⑫大地，谁主沉浮⑬？
携来百侣⑭曾游。忆往昔峥嵘岁月稠⑮。
恰同学少年⑯，风华正茂⑰；书生意气⑱，挥斥方遒⑲。
指点江山，激扬文字⑳，粪土当年万户侯㉑。
曾记否，到中流击水㉒，浪遏㉓飞舟？

[知识驿站]

注释

① 沁园春：词牌名，以苏轼词《沁园春（孤馆灯青）》为正体。
② 寒秋：就是深秋、晚秋。秋深已有寒意，所以说是寒秋。
③ 湘江：一名湘水，湖南省最大的河流，源出广西壮族自治区灵川县南的海洋山，干流全长八百五十六千米，向东北流贯湖南省东部，经过长沙，北入洞庭湖。所以说是湘江北去。
④ 橘子洲：地名，又名水陆洲，是长沙城西湘江中一个狭长小岛，西面靠近岳麓山。南北长约十一里，东西最宽处约一里。自唐代以来，就是游览胜地。
⑤ 万山：指湘江西岸岳麓山和附近许多山峰。
⑥ 层林尽染：山上一层层的树林经霜打变红，像染过一样。
⑦ 漫江：满江。漫，满，遍。
⑧ 百舸争流：舸，大船。这里泛指船只。争流：争着行驶。
⑨ 鹰击长空，鱼翔浅底：鹰在广阔的天空里飞，鱼在清澈的水里游。击，搏击。这里形容飞得矫健有力。翔，本指鸟盘旋飞翔，这里形容鱼游得轻快自由。
⑩ 万类霜天竞自由：万物都在秋光中竞相自由地生活。万类，指一切生物。霜天，指深秋。

⑪怅寥廓：面对广阔的宇宙惆怅感慨。怅，原意是失意，这里用来表达由深思而引发激昂慷慨的心绪。寥廓，广远空阔，这里用来描写宇宙之大。

⑫苍茫：旷远迷茫。

⑬谁主沉浮：在这军阀统治下的中国，到底应该由谁来主宰国家兴衰和人民祸福的命运呢？主，主宰。沉浮，同"升沉"（上升和没落）意思相近，比喻事物盛衰、消长，这里指兴衰。由上文的俯瞰游鱼，仰看飞鹰，纳闷地寻思（"怅"）究竟是谁主宰着世间万物的升沉起伏。

⑭百侣：很多的伴侣。侣，这里指同学（也指战友）。

⑮峥嵘岁月稠：不平常的日子是很多的。峥嵘，山势高峻，这里是不平凡，不寻常的意思。稠，多。

⑯恰同学少年：毛泽东于1913年至1918年就读于湖南第一师范学校。1918年毛泽东和萧瑜、蔡和森等组织新民学会，开始了他早期的政治活动。恰，适逢，正赶上。

⑰风华正茂：风采才华正盛。

⑱书生意气：书生，读书人，这里指青年学生。意气，意志和气概。

⑲挥斥方遒：热情奔放，劲头正足。挥斥，奔放。方，正。遒，强劲有力。

⑳指点江山，激扬文字：评论国家大事，用文字来抨击丑恶的现象，赞扬美好的事物。写出激浊扬清的文章。指点，评论。江山，指国家。激扬，激浊扬清，抨击恶浊的，褒扬善良的。

㉑粪土当年万户侯：把当时的军阀官僚看得同粪土一样。粪土，作动词用，视……如粪土。万户侯，汉代设置的最高一级侯爵，享有万户农民的赋税。此借指大军阀、大官僚。万户，指侯爵封地内的户口，要向受封者缴纳租税，服劳役。

㉒中流击水：中流，江心水深流急的地方。击水，作者自注："击水：游泳。那时初学，盛夏水涨，几死者数，一群人终于坚持，直到隆冬，犹在江中。当时有一篇诗，都忘记了，只记得两句：自信人生二百年，会当水击三千里。"

㉓遏（è）：阻止。

译文

深秋季节，我独自站立在橘子洲头，望着滔滔湘水向北奔流。

万千山峰全都变成了红色，山上一层层的树林经霜打变红，像染过一样；江水清澈澄碧，一艘艘大船乘风破浪，争先恐后。

鹰在广阔的天空里飞，鱼在清澈的水里轻快畅游，万物都在深秋中争着过自由自在的生活。

面对广阔的宇宙惆怅感慨：这旷远苍茫大地的兴衰沉浮，该由谁来主宰呢？

曾经我和我的同学，经常携手结伴来到这里漫游。在一起商讨国家大事，那无数不平凡的岁月至今还萦绕在我的心头。

同学们恰逢青春年少，风采才华正盛的时期；大家踌躇满志，意气奔放，劲头正足。

评论国家大事，写出激浊扬清的文章，把当时的军阀官僚看得同粪土一样。

可曾还记得，那时的我们到江心水深流急的地方游泳，激起的浪几乎阻挡了飞速行驶的船只。

(参考资料：李人杰，闫靓，张爱军. 阅读与欣赏 [M]. 2 版. 北京：中国农业大学出版社，2015.)

[作品档案]

《沁园春·长沙》是毛泽东 1925 年晚秋所作。当时毛泽东离开故乡韶山，去广州主持农民运动讲习所，途经长沙，重游了橘子洲。作者面对湘江上美丽动人的自然秋景，联想起当时的革命形势，写下了这首词。

《沁园春·长沙》情调激越，意蕴丰富。词人通过对长沙秋景的生动描绘和对青年时代革命斗争生活的深情回忆，抒写出革命青年对国家命运的深刻关切与感慨和以天下为己任、蔑视反动统治者、改造旧中国的豪情壮志。上片以描绘秋景为主，展现了一幅多姿多彩、生机勃勃的湘江寒秋图，借秋景以抒发革命激情；下片侧重抒情，词人回忆往昔峥嵘岁月，抒写昂扬的意气和豪迈的激情。全词风格豪放，用典贴切，景物壮丽，在片语之间，融情入理，情景交融，显露出词人深沉的情感和对未来的坚定信念。

查阅资料，与《沁园春·雪》做对比，说明作者创作这两首词的时代背景和个人境遇。

我爱这土地

艾 青

假如我是一只鸟，
我也应该用嘶哑的喉咙歌唱：
这被暴风雨所打击着的土地，
这永远汹涌着我们的悲愤的河流，
这无止息地吹刮着的激怒的风，
和那来自林间的无比温柔的黎明……
——然后我死了，
连羽毛也腐烂在土地里面。
为什么我的眼里常含泪水？
因为我对这土地爱得深沉……

[作品档案]

这首诗是写于1938年11月17日，同年12月发表在桂林出版的《十日文萃》。1938年10月，武汉失守，日本侵略者的铁蹄猖狂地践踏中国大地。作者和当时文艺界许多人士一同撤出武汉，汇集于桂林。作者满怀对祖国的挚爱和对侵略者的仇恨写下了这首诗。

这首诗以"假如"领起，用"嘶哑"形容鸟儿的歌喉，接着续写出歌唱的内容，并由生前的歌唱，转写鸟儿死后魂归大地，最后转由鸟的形象代之以诗人的自身形象，直抒胸臆，托出了诗人那颗真挚、炽热的爱国之心。作者通过描述自己生活在祖国的这块土地上，痛苦多于欢乐，心中郁结着过多的"悲愤""无止息地吹刮着的激怒的风"；然而，这毕竟是生他养他的祖国，即使为她痛苦到死，也不愿意离开这土地——"死了"以后连"羽毛"也要"腐烂在土地里面"。表达了作者一种刻骨铭心、至死不渝的最伟大、最深沉的爱国主义感情。

我读我思

《我爱这土地》这首诗歌中的主要意象有"土地""河流""风"和"黎明"，这些意象共同构成了一幅充满情感和历史深度的画面。这些意象有哪些象征意义呢？

乡 愁

余光中

小时候，
乡愁是一枚小小的邮票，
我在这头，
母亲在那头。

长大后，
乡愁是一张窄窄的船票，
我在这头，
新娘在那头。

后来啊，
乡愁是一方矮矮的坟墓，
我在外头，
母亲在里头。

而现在，
乡愁是一湾浅浅的海峡，
我在这头，
大陆在那头。

[作品档案]

  这首诗创作于1972年。余光中的祖籍是福建永春，他于1949年离开大陆去了中国台湾。当时由于政治原因，中国台湾和大陆长时间的隔绝，致使余光中多年没有回过大陆。他一直思念亲人，渴望祖国的统一和亲人的团聚。在强烈的思乡之情中，诗人在台北厦门街的旧居内写下了这首诗。

  《乡愁》是余光中诗集《白玉苦瓜》中的一首，和《民歌》《乡愁四韵》《罗二娃子》等同是余光中以民歌风抒发乡愁的经典之作。诗中通过"小时候""长大后""后来啊""而现在"这几个时序语贯串全诗，借邮票、船票、坟墓、海峡这些实物，把抽象的乡愁具体化，概括了诗人漫长的生活历程和对祖国的绵绵怀念，流露出诗人深沉的历史感。全诗语言浅白真率，情感深切。

《乡愁》对一个抽象的、很难做出描绘却被大量描绘所覆盖的主题做出了新的诠释。在意象上，选用了"邮票""船票""坟墓""海峡"四个生活中常见的物象，赋予其丰富的内涵，使原本不相干的四个物象，在乡愁这一特定情感的维系之下，反复咏叹。余光中本人曾说，这首诗是"蛮写实的"：小时候上寄宿学校，要与妈妈通信；婚后赴美读书，坐轮船返台；后来母亲去世，永失母爱。诗的前三句思念的都是女性，到最后一句想到祖国大陆这位"大母亲"，于是意境和思路便豁然开朗，就有了"乡愁是一湾浅浅的海峡"一句。这首诗在艺术风格上一反诗人早年"现代时期"那种刻意锤字炼句、苦心经营意象和矛盾语法、追求陌生化效果以作惊人之语，在晦涩中求深奥的特点，转而追求恬淡、圆融的美学风格。以简代繁，以淡取胜，也算是绚烂之极，归于平淡。

我读我思

诗人席慕蓉也有一首以"乡愁"为题的现代诗，请查阅资料，比较两首诗的风格有何不同。

少年中国说（节选）

[清]梁启超

故今日之责任，不在他人，而全在我少年。少年智则国智，少年富则国富；少年强则国强，少年独立则国独立；少年自由则国自由；少年进步则国进步；少年胜于欧洲，则国胜于欧洲；少年雄于地球，则国雄于地球。

红日初升，其道大光①。河出伏流，一泻汪洋。潜龙腾渊，鳞爪飞扬。乳虎啸谷，百兽震惶。鹰隼试翼，风尘吸张②。奇花初胎，矞矞皇皇③。干将发硎，有作其芒④。天戴其苍，地履其黄。纵有千古，横有八荒。前途似海，来日方长。美哉，我少年中国，与天不老！壮哉，我中国少年，与国无疆！

[知识驿站]

注释

① 其道大光：语出《周易·益》："自上下下，其道大光。"光，广大，发扬。
② 吸张：一作"翕张"。
③ 矞（yù）矞皇皇：《太玄经·交》："物登明堂，矞矞皇皇。"一般用于书面古语，光明盛大的样子。
④ 干将发硎，有作其芒：意思是宝剑刚磨出来，锋刃大放光芒。干将，原是铸剑师的名字，这里指宝剑。硎，磨刀石。

译文

所以说今天的责任，不在别人身上，全在我们少年身上。少年一代有智慧国家就智慧，少年富足国家就富足；少年强大国家就强大，少年独立国家就独立；少年自由国家就自由；少年进步国家就进步；少年胜过欧洲，国家就胜过欧洲；少年称雄于世界，国家就称雄于世界。

红日刚刚升起，道路充满霞光；黄河从地下冒出来，汹涌奔泻浩浩荡荡；潜龙从深渊中腾跃而起，它的鳞爪舞动飞扬；小老虎在山谷吼叫，所有的野兽都害怕惊慌，雄鹰隼鸟振翅欲飞，风和尘土高卷飞扬；奇花刚开始孕出蓓蕾，灿烂明丽茂盛茁壮；干将剑新磨出来，闪射出光芒。头顶着苍天，脚踏着大地，从纵的时间看有悠久的历史，从横的空间看有辽阔的疆域。前途像海一般宽广，未来的日子无限远长。美丽啊我的少年中国，将与天地共存不老!雄壮啊我的中国少年,将与祖国万寿无疆!

(参考资料:《中国文学经典》编写组.中国文学经典[M].北京:中央广播电视大学出版社,2010.)

[作品档案]

《少年中国说》写于1900年,正在戊戌变法后,作者梁启超流亡日本之时。当时八国联军制造舆论,污蔑中国是"老大帝国",是"东亚病夫",是"一盘散沙",不能自立,只能由列强共管或瓜分。而中国人中,有一些无知昏庸者,也跟着叫嚷"中国不亡是无天理""任何列强三日内就可以灭亡中国",散布悲观情绪,民族危机空前严重。为了驳斥帝国主义分子的无耻谰言,也纠正国内一些人自暴自弃、崇洋媚外的奴性心理,梁启超适时地写出这篇《少年中国说》,此文便节选自《少年中国说》。

此篇文章极力歌颂少年的朝气蓬勃,热切希望出现"少年中国",意图振奋人民的精神,启迪其心志。全文不拘格式,多用比喻,具有强烈的鼓励性和进取精神。它犹如一曲慷慨激昂的青春赞歌,充满了对少年中国的热切期望和无限憧憬,以一种诗意的方式,描绘了少年与国家的紧密关系,展望少年所承载的国家和民族的未来。

"少年中国"和"中国少年"的意思分别是什么?二者之间有什么关系?

月是故乡明（节选）

季羡林

每个人都有个故乡。人人的故乡都有个月亮。人人都爱自己的故乡的月亮。事情大概就是这个样子。

但是，如果只有孤零零一个月亮，未免显得有点儿孤单。因此，在中国古代诗文中，月亮总有什么东西当陪衬，最多的是山和水，什么"山高月小""三潭印月"等等，不可胜数。

我小的时候，从来没有见过山，也不知山为何物。我曾幻想，山大概是一个圆而粗的柱子吧，顶天立地，好不威风。以后到了济南，才见到山，恍然大悟：山原来是这个样子呀。因此，我在故乡里望月，从来不同山联系。像苏东坡说的"月出于东山之上，徘徊于斗牛之间"，完全是我无法想象的。

至于水，我的故乡小村却大大地有。几个大苇坑占了小村面积一多半。在我这个小孩子眼中，虽不能像洞庭湖"八月湖水平"那样有气派，但也颇有一点儿烟波浩渺之势。到了夏天，黄昏以后，我在坑边的场院里躺在地上，数天上的星星。有时候在古柳下面点起篝火，然后上树一摇，成群的知了飞落下来，比白天用嚼烂的麦粒去粘要容易得多。我天天晚上乐此不疲，盼望黄昏早早来临。

到了更晚的时候，我走到坑边，抬头看到晴空一轮明月，清光四溢，与水里的那个月亮相映成趣。我当时虽然还不懂什么叫诗兴，但也顾而乐之，心中油然有什么东西在萌动。我有时候在坑边玩儿很久，才回家睡觉，在梦中见到两个月亮叠在一起，清光更加晶莹澄澈。第二天一早起来，我到坑边苇子丛里去捡鸭子下的蛋，白白地一闪光，手伸向水中，一摸就是一个蛋。此时更是乐不可支了。

我只在故乡待了六年，以后就背井离乡，漂泊天涯。我曾到过世界上将近三十个国家，我看过许许多多的月亮。在风光旖旎的瑞士莱芒湖上，在平沙无垠的非洲大沙漠中，在碧波万顷的大海中，在巍峨雄奇的高山上，我都看到过月亮。这些月亮应该说都是美妙绝伦的，我都异常喜欢。但是，看到它们，我就立刻想到我故乡那个苇坑上面和水中的那个小月亮。对比之下，无论如何我也感到，这些广阔世界的大月亮，万万比不上我那心爱的小月亮。不管我离开我的故乡多少万里，我的心立刻就飞来了。我的小月亮，我永远忘不掉你。

月是故乡明，我什么时候能够再看到我故乡里的月亮呀。我怅望南天，心飞向故里。

[作品档案]

季羡林（1911—2009年），字希逋，又字齐奘，北京大学教授，国际著名东方学大师，语言学家、文学家、国学家、佛学家、史学家、翻译家、教育家和社会活动家，精通十二国语言，翻译了大量作品。山东临清县（今临清市）人。1930年考入清华大学西语系。1935年赴德国留学。1941年获哲学博士学位。1946年回国，历任北京大学教授兼东方语言文学系教授、系主任、北京大学副校长。与金克木、邓广铭、张中行先生曾在燕园居住，人称"未名四老"。

《月是故乡明》是季羡林所作的散文，选自《季羡林散文精选·悲喜自渡》。季老以细腻的笔触把家乡留在脑海中的记忆细心地写了出来，没有迷人的山，没有多情的水，没有流芳百世的古迹，也没有勾人心弦的神话传说，有的只是一个赤子对家乡的爱恋。

本文通过列举自己到过的许多地方，那些地方的月夜始终没有家乡的月夜那般清凉，那般喜人。文中没有写太多的记忆，所写的只是家乡的月明，门前池塘的月影，以及在月夜下的童趣。作者把家乡农村的那种静谧祥和气氛与城市里的喧嚣做比较，把自己在世界各地看到的月亮与在鲁西平原的一个小村中看到的月亮做比较，从中让人感受到"儿不嫌母丑"的深情。

我读我思

季羡林漂泊半生，看到月亮便想到了自己的家乡，那么对于你而言，看到什么会让你情不自禁想起自己的家乡、自己的亲人呢？仿照课文，写一篇小练笔，抒发自己对家乡的喜爱、思念之情。

朗读训练

格律诗的朗读

一、格律诗的特点

1. 句数固定

格律诗的句数是固定的：一般的律诗都是八句，绝句都是四句；超过八句的叫长律，又叫排律。

从诗句的字数看，有所谓四言诗、五言诗和七言诗。五言律诗简称五律，限定八句四十个字；七言律诗简称七律，限定八句五十六个字。长律一般都是五言诗。五绝共二十个字，七绝共二十八个字。

2. 押韵严格

诗词押韵，不仅便于吟诵和记忆，还能使作品具有节奏和谐之美。从《诗经》到后代的诗词，几乎没有不押韵的。

诗词中所谓的韵，大致等于汉语拼音中所谓的韵母。例如"公"字拼成gōng，其中"g"是声母，"ong"是韵母。声母总是在前面的，韵母总是在后面的。我们再看"东"(dōng)、"同"(tóng)、"隆"(lóng)、"宗"(zōng)、"聪"(cōng)等，它们的韵母都是"ong"，所以它们是同韵字。

凡是同韵的字都可以押韵。所谓押韵，就是把同韵的两个或更多的字放在同一位置上。一般总是把韵放在句尾，所以又叫"韵脚"。

格律诗押韵的位置是固定的。律诗是二、四、六、八句要求押韵（长律也是偶句押韵），绝句是二、四句要求押韵。无论律诗还是绝句，首句可以用韵，也可以不用韵。另外，格律诗不能"出韵"，也就是说，韵脚（即押韵的字）必须只用同一个韵中的字，不许用邻韵的字。无论律诗、长律还是绝句，都必须一韵到底。例如北宋王安石的《书湖阴先生壁》：

茅檐长扫净无苔（tái），
花木成畦手自栽（zāi）。
一水护田将绿绕，
两山排闼送青来（lái）。

这里"苔""栽"和"来"押韵，因为它们的韵母都是"ai"。"绕"字不押韵，因为"绕"字拼起来是 rào，它的韵母是"ao"，和"苔""栽""来"不是同韵字。依照诗律，像这样的四句诗，也就是绝句，第三句是不押韵的。

在拼音中，a、e、o 的前面可能还有 i、u、ü，如 ia、ua、uai、iao、ian、uan、üan、iang、uang、ie、üe、iong、ueng 等，这种 i、u、ü 叫作韵头。韵头不同，但韵尾相同的字也算是同韵字，也可以押韵。例如南宋范成大的《四时田园杂兴》：

昼出耘田夜绩麻（má），

村庄儿女各当家（jiā）。

童孙未解供耕织，

也傍桑阴学种瓜（guā）。

"麻""家""瓜"的韵母分别是"a""ia""ua"。虽然韵母不完全相同，但这三个字韵尾相同，是同韵字，同样押韵。

押韵的目的是为了声韵的和谐。同类乐音在同一位置上的重复，就构成了声音回环的美。

3. 讲究平仄

平仄是形成格律诗最重要的因素。格律诗的平仄看起来很复杂，但是基本要求只有一个：平仄相间，以求得声调的抑扬顿挫。

古代汉语（主要指的是中古汉语）的声调也有四个：平声、上声、去声、入声，也叫"四声"。"平"就是指古四声中的平声字（包括今阴平和阳平），"仄"即"不平"，指非平声字，包括古四声中的上声、去声和入声字。

以五言律诗的平仄格式为例。律诗一共八句，每两句成为一联。这样，一首律诗分成四联：第一、二句称为首联，第三、四句称为颔联，第五、六句称为颈联，第七、八句称为尾联。每联的上句称为出句，下句称为对句。

五言律诗的句子只有四个类型：

A 仄仄仄平平　　a 仄仄平平仄

B 平平仄仄平　　b 平平平仄仄

其中，A和a为一类，头两个字都是仄仄，是仄起句；区别在于A收平声，a收仄声。B和b为一类，头两个字都是平平，是平起句；区别在于B收平声，b收仄声。（注意：A与a，B与b，第三字的平仄也相反。）

律诗有"粘对"的讲究。所谓"粘"，是指上联的对句和下联的出句的平仄类型必须是同一大类的：上联对句是A型，则下联出句是a型；上联对句是B型，则下联出句是b型。也就是后联出句第二字的平仄必须跟前联对句第二字的平仄一致，平粘平，仄粘仄，把两联粘连起来。所谓"对"，是指每联的出句和对句必须是相反的类型：出句是a型，则对句是B型；出句是b型，则对句是A型。也就是在对句中，平仄完全是对立的。例如唐代杜甫的《春望》就是aB，bA，aB，bA：

国破山河在，（仄仄平平仄）
城春草木深。（平平仄仄平）
感时花溅泪，（平平平仄仄）
恨别鸟惊心。（仄仄仄平平）
烽火连三月，（仄仄平平仄）
家书抵万金。（平平仄仄平）
白头搔更短，（平平平仄仄）
浑欲不胜簪。（仄仄仄平平）

七言律诗的句子也只有四个类型：

A 平平仄仄仄平平　　a 平平仄仄平平仄
B 仄仄平平仄仄平　　b 仄仄平平平仄仄

绝句也有四种格式。和律诗一样，五言绝句以首句不入韵的仄起式为最常见，七言绝句以首句入韵的平起式为最常见。

4. 要求对仗

格律诗的另一个特点是讲究对仗。

律诗的一般情况是半骈半散：首尾两联是散行的，中间两联则规定要用对仗。

长律的对仗和律诗一样：首联可以用对仗，也可以不用；中间各联一律要用对仗；尾联不用对仗，以便结束。

绝句一般是截取律诗的首尾两联，也就是完全不用对仗。但是也有一种相当普遍的情况，就是截取律诗的后半，即颈联和尾联。这就是说，开始一联用对仗。

格律诗中，句法结构相同的语句相为对仗，这是正格。但还有另一种情况，就是只要求字面相对，不要求句法结构相同。字面相对也就是词类相同的互为对仗：名词对名词，代词对代词，动词对动词，形容词对形容词，副词对副词，虚词对虚词。

总的来说，格律诗的对仗不像平仄那样严格，诗人在运用对仗的时候有更大的自由。

二、怎样朗读格律诗

1. 停顿位置一致

由于格律诗对字数有严格的要求，在朗读时就应该体现出格律诗规范、严谨的特点，不能超越它对停连的固定要求，不能打破它的格式。格律诗中的标点符号同朗读时停顿的位置是一致的，不能随意打乱。

2. 语节划分一定

我们这里所说的语节，含有节拍的意思。语节划分一定，在诗的格律要求上表现为各句中词的疏密度大体相近。不同的格律诗有不同的语节安排。我们先来看看五言诗：

江雪

千山｜鸟飞绝｜

万径｜人踪灭｜

孤舟｜蓑笠翁｜

独钓｜寒江雪｜

在朗读五言诗的时候，把一个句子里的五个音节划分为两个语节较为合适。第一个语节的读音可适度延长，第二个语节的朗读不必急促，但也不要太拖。这种"二、三"的格式，可以使朗读者更好地展现意境、体味诗情，不必等全部朗读完再去回味。而且，由于一句诗只有两个语节，这将有利于朗读者对各诗句进行灵活的处理，并克服朗读时容易造成的机械呆板。我们再来看看七言诗：

夜雨寄北

君问｜归期｜未有期｜

巴山｜夜雨｜涨秋池｜

何当｜共剪｜西窗烛｜

却话｜巴山｜夜雨时｜

由于七言诗每句含有七个音节，因此，在朗读中还是划分为三个语节为好。在七言诗中，"二、二、三"的格式最为普遍，也可以有"四、三"的格式。

3. 给韵脚以呼应

韵律是诗歌的体态，既能在阅读时体现出一种充满韵味的构架美，又能在朗读时体现出动听悦耳的音乐美。

在朗读格律诗时，由于音韵的需要，必须给韵脚以呼应，不可含糊带过。在韵脚不是重音的诗句中，也要适当地将韵脚读得比其他音节更响亮些。

韵脚的呼应，不但有语气的色彩问题，也有基调的烘托问题，更有形成回环往复的节奏感的问题。朗读时，既不必逢韵就扬、就重，也不应轻视韵脚的作用，不讲究韵脚的表达。

4. 注意辨别平仄

在朗读格律诗时，要注意辨别"平仄"。例如五言诗《登鹳雀楼》：

白日依山尽，（平仄平平仄）
黄河入海流。（平平仄仄平）
欲穷千里目，（仄平平仄仄）
更上一层楼。（仄仄仄平平）

例如七言诗《出塞》：

秦时明月汉时关，（平平平仄仄平平）
万里长征人未还。（仄仄平平平仄平）
但使龙城飞将在，（仄仄平平平仄仄）
不教胡马度阴山。（平仄平仄仄平平）

不论五言诗还是七言诗，在平仄上都有着严格的规定。除此之外，在五言诗中，第二、第四个音节的平仄要求更为严格。在七言诗中，"一三五不论，二四六分明"也是这个意思。朗读者应对此有所了解，以把握格律诗的韵律。

格律诗虽不如现代诗这样自由，但朗朗上口，字句简洁。我们常说："熟读唐诗三百首，不会作诗也会吟。"长久的吟诵已成格式，即使不识诗眼、不解其意，甚至目不识丁，也可以"吟"一两首。

但是要想读好格律诗是很不容易的。由于格律诗的种种"限制",要朗读出丰富的情感、深邃的意境,有韵律而不单调,回环而不复沓,是需要我们认真研究、刻苦练习的。

孝悌仁心——家风传扬篇

导读

《论语·学而》云:"弟子入则孝,出则悌,谨而信,泛爱众,而亲仁。行有余力,则以学文。"

针对人生第一课,孔子认为,做人应当先修德,再学知识。修德的起点为孝悌。孔子一生致力于实现"仁",途径就是孝悌。孝悌既是道德规范,也是道德情感培养的基本方法,从孝悌中可以培养和粹取道德情感的基本方面和心理基础,将之推广扩充到人伦关系之中,就可以建立起和谐稳定的社会关系。情感源自本能,责任与义务是情感的理性延续。人类依靠亲情伦理组成了家庭,家庭关系扩展延伸为社会关系。

今天,一方面,要大力弘扬传统孝悌文化,为社会和谐奠定基本的道德基础;另一方面,要培育"不独亲其亲"的仁爱道德、平等理念和法律精神,不只是爱自己的父母兄弟,同时也要对没有血缘亲情的众人,谨守信义,遍施仁爱,培养"同心同德"的道德情感。这既是实现治理现代化所需要的仁爱精神,也是构建人类命运共同体的道德基础。

月夜忆舍弟①

[唐] 杜 甫

戍鼓断人行②，边秋③一雁声。
露从今夜白④，月是故乡明。
有弟皆分散，无家问死生⑤。
寄书长不达⑥，况乃未休兵⑦。

[知识驿站]

注释

① 舍弟：谦称自己的弟弟。
② 戍鼓：戍楼上的更鼓。戍，驻防。断人行：指鼓声响起后，就开始宵禁。
③ 边秋：一作"秋边"，秋天的边地，边塞的秋天。
④ 露从今夜白：指在节气"白露"的夜晚。
⑤ 有弟皆分散，无家问死生：弟兄分散，家园无存，互相间都无从得知死生的消息。
⑥ 长：一直，老是。达：到。
⑦ 况乃：何况是。未休兵：战争还没有结束。

译文

戍楼上的更鼓声断绝了人行，秋夜的边塞传来了孤雁哀鸣。
从今夜就进入了白露节气，月亮还是故乡的最明亮。
虽有兄弟但都离散各去一方，家园无存，互相间都无从得知死生的消息。
平时寄给彼此的家书经常不能送到，何况战乱频繁还没有停止。

(参考资料：杨立群. 唐宋诗词选析 [M]. 北京：对外经济贸易大学出版社，2011.)

[作品档案]

杜甫（712—770年），字子美，自号少陵野老，世称"杜工部""杜少陵"等，河南府巩县（今河南省巩义市）人，唐代伟大的现实主义诗人，被世人尊为"诗圣"，其诗被称为"诗史"。杜甫与李白合称"李杜"。杜甫忧国忧民，人格高尚，他的一千四百余首诗被保留了下来，诗艺精湛，在中国古典诗歌中备受推崇，影响深远。759—766年间，杜甫曾客居成都，后世有杜甫草堂纪念。

《月夜忆舍弟》这首诗是唐肃宗乾元二年（759年）秋杜甫在秦州所作。唐玄宗天宝十四年（755年），安史之乱爆发，乾元二年九月，叛军安禄山、史思明从范阳引兵南下，攻陷汴州，西进洛阳，山东、河南都处于战乱之中。当时，杜甫的几个弟弟正分散在这一带。

这是一首五言律诗。诗中写兄弟几人因战乱而离散，居无定处，杳无音信，生死未卜。正值白露时节，在戍楼鼓声和孤雁哀鸣的映衬之下，诗人对兄弟的忧虑和思念之情愈发显得深沉和浓烈。此诗前两联侧重写景，后两联侧重抒情，情景交融，结构严谨，首尾呼应。颔联用语平易而意味新警，将"露""月"前提、"白""明"殿后，倒装的句式顿收奇崛之效。全诗语言精工，格调沉郁哀伤，真挚感人。

你还知道哪首杜甫在安史之乱前后写的诗作？请抄录在下面。

游子吟[1]

[唐] 孟 郊

慈母手中线，游子身上衣。
临[2]行密密缝，意恐迟迟归[3]。
谁言寸草心[4]，报得三春晖[5]。

[知识驿站]

注释

[1] 游子吟：游子，古代称远游旅居的人。此处指诗人自己，以及各个离乡的游子。吟，诗体名称。

[2] 临：将要。

[3] 意恐：担心。归：回来，回家。

[4] 谁言：一作"难将"。言：说。寸草：小草。这里比喻子女。心：语义双关，既指草木的茎干，也指子女的心意。

[5] 报得：报答得了。三春晖：春天灿烂的阳光，指慈母之恩。三春：旧称农历正月为孟春，二月为仲春，三月为季春，合称三春。晖：阳光。形容母爱如春天温暖、和煦的阳光照耀着子女。

译文

慈祥的母亲手里拿着针线，为即将远游的孩子赶制新衣。
临行前一针针密密地缝缀，怕儿子回来得晚衣服破损。
谁说像小草那样微弱的孝心，能报答得了像春晖普泽的慈母恩情？

(参考资料：杨立群. 唐宋诗词选析 [M]. 北京：对外经济贸易大学出版社，2011.)

[作品档案]

孟郊（751—814年），字东野，湖州武康（今浙江德清）人，祖籍平昌（今山东临邑东北），先世居洛阳（今属河南），唐代著名诗人。现存诗歌五百多首，以短篇的五言古诗最多，代表作有《游子吟》。其有"诗囚"之称，又与贾岛齐名，人称"郊寒岛瘦"。元和九年（814年），在阌乡（今河南灵宝）因病去世。张籍私谥为贞曜先生。

《游子吟》是孟郊在溧阳所写。作者早年漂泊无依，直到五十岁时才得到了溧阳县尉的官职，结束了长年的漂泊流离生活，便将母亲接来同住。诗人饱尝世态炎凉，更觉亲情可贵，于是写出这首感人至深的颂母之诗。

　　《游子吟》是一首五言古诗，也是一曲母爱的颂歌。此诗简短而富有深意，采用白描的手法，通过回忆一个看似平常的临行前缝衣的场景，歌颂了母爱的伟大与无私，表达了诗人对母爱的感激以及对母亲深切的敬爱之情。此诗语言清新流畅、淳朴素淡，情感真挚自然、平实感人，其中蕴含着浓郁醇美的诗味，千百年来广为传诵。

　　歌颂母爱的经典诗词有很多，谈谈你对这首诗的理解。

步 虚①

[唐] 司空图

阿母②亲教学步虚，三元长遣下蓬壶③。
云韶韵俗停瑶瑟④，鸾鹤飞低拂宝炉⑤。

[知识驿站]

注释

① 步虚：步虚是道士在醮（jiào）坛上讽诵词章采用的曲调行腔，传说其旋律宛如众仙缥缈步行虚空，故得名"步虚声"。现存各地道教仪式中的步虚音乐大多舒缓悠扬，平稳优美，适于道士在绕坛、穿花等行进中的诵唱。

② 阿母：母亲。一说是西王母。

③ 三元：在道教教义中原指宇宙生成的本原和道教经典产生的源流。遣：派。蓬壶：即蓬莱，古代传说中的海中仙山。

④ 云韶：黄帝《云门》乐和虞舜《大韶》乐的合称。指美妙的乐曲。韵俗：比较一般的乐声。瑶瑟：指用玉装饰的琴瑟。

⑤ 鸾鹤：鸾与鹤。相传为仙人所乘。宝炉：熏香炉的美称。

译文

母亲亲自教我学习走路和礼仪，她就好像是从千里之外的蓬莱仙岛下来的。

我仿佛听见高雅的宫廷乐曲与和谐的民间乐曲从瑶琴上奏出，停留不散；似乎看见鸾与鹤从天上飞下来，绕着香炉低飞盘旋。

（参考资料：杨立群. 唐宋诗词选析 [M]. 北京：对外经济贸易大学出版社，2011.）

[作品档案]

司空图（837—908年），字表圣，自号知非子，又号耐辱居士，祖籍临淮（今安徽泗县东南），自幼随家迁居河中虞乡（今山西永济），晚唐诗人、诗论家。唐懿宗咸通十年（869年）应试，擢进士上第；天复四年（904年），朱全忠召其为礼部尚书，司空图佯装老朽不任事，被放还。后梁开平二年（908年），唐哀帝被弑，他绝食而死，终年七十一岁。

司空图的成就主要在诗论，《二十四诗品》为不朽之作。《全唐诗》收诗三卷。

我读我思

在我们孩童的时候，母亲手把手教我们穿衣走路、待人接物。你在日常生活中是如何回报母亲养育之恩的？

岁暮到家

[清]蒋士铨

爱子心无尽,归家喜及辰①。
寒衣针线密②,家信墨痕新。
见面怜清瘦,呼儿问苦辛。
低徊愧人子③,不敢叹风尘④。

[知识驿站]

注释

① 及辰:及时,正赶上时候。这里指过年之前能够返家。

② 寒衣针线密:出自唐诗人孟郊《游子吟》"慈母手中线,游子身上衣。临行密密缝,意恐迟迟归。谁言寸草心,报得三春晖"。

③ 低徊:迟疑徘徊,扪心自问。愧人子:有愧于自己做儿子的未能尽到孝养父母的责任,反而惹得父母为自己操心。

④ 风尘:这里指的是旅途的劳累苦辛。

译文

母亲的爱子之心是无穷无尽的,最高兴的事莫过于游子过年之前能够返家。她为我缝制棉衣的针脚密密麻麻的,家书里的字迹墨痕犹如新的一样。

一见面母亲便怜爱地说我瘦了,呼叫着我细问旅途的艰难。

母亲啊,儿子已经愧对您了,不忍诉说漂泊在外的劳累辛苦。

(参考资料:许海山.中国历代诗词曲赋大观[M].北京:燕山出版社,2007.)

[作品档案]

蒋士铨(1725—1784年),字心馀、苕生,号藏园,又号清容居士,晚号定甫,铅山(今属江西)人,清代戏曲家、文学家。乾隆二十二年(1757年)进士,任翰林院编修。乾隆二十九年(1764年)辞官后主持蕺山、崇文、安定三书院讲席。他精通戏曲,工诗古文,与袁枚、赵翼合称"江右三大家"。蒋士铨所著《忠雅堂诗集》存诗两千五百六十九首,存于稿本的未刊诗达数千首,其戏曲创作存《红雪楼九种曲》等四十九种。

蒋士铨是清代性灵派诗人代表人物之一。《岁暮到家》是一首五言律诗，前六句描写他久别回家后见到母亲时母亲的欣喜之状和无微不至的关怀。最后两句写自己长年在外，不能侍奉左右，反而连累老母牵挂的愧怍之情。第七句中的"愧"（惭愧、愧怍）就是指这种情感。自己长年在外奔波也是无奈之举，而且风尘仆仆，十分辛苦，本来也是可以向母亲倾诉的。但看到母亲刚才见儿子回来时的高兴劲儿，特别是看到母亲是那么心疼儿子因在外劳累而"清瘦"了不少，自己又怎么忍心把在外面奔波劳累的情况告诉母亲而使她更增担忧呢？所以，最后一句"不敢叹风尘"就是写这种复杂感情的。

此诗旨在表现骨肉亲情。诗中通过描述久别回家的游子与母亲相见时的情景，颂扬了母爱的深厚和伟大。全诗笔触细腻，用语传神，诗人运用白描的手法，借助衣物、语言、行为和心理活动，具体化、形象化地表现出母子之间的深情。

我读我思

这首诗与《游子吟》有相似之处，都借助衣物表现母爱的伟大。尝试对比这两首诗，分析二者的异同。

五不孝

[战国]孟 子

孟子曰:"世俗所谓不孝者五:惰其四支①,不顾父母之养,一不孝也;博弈好饮酒,不顾父母之养,二不孝也;好货财,私妻子,不顾父母之养,三不孝也;从②耳目之欲,以为父母戮③,四不孝也;好勇斗很④,以危父母,五不孝也。"

[知识驿站]

注释

① 四支:即四肢。
② 从:同"纵"。
③ 戮:羞辱。
④ 很:同"狠"。

译文

孟子说:"通常认为不孝的情况有五种:四肢懒惰,不管赡养父母,这是第一种;酗酒聚赌,不管赡养父母,这是第二种;贪吝钱财,只顾老婆孩子,不管赡养父母,这是第三种;放纵声色享乐,使父母感到羞辱,这是第四种;逞勇好斗,连累父母,这是第五种。"

(参考资料:杨伯峻,杨逢彬.孟子译注[M].长沙:岳麓书社,2021.)

[作品档案]

孟子(前372—前289年),名轲,字子舆(待考,一说字子车或子居),战国时期鲁国人,鲁国庆父后裔,著名思想家、教育家,战国时期儒家代表人物。孟子继承并发扬了孔子的思想,成为仅次于孔子的一代儒家宗师,有"亚圣"之称,与孔子合称为"孔孟"。孟子著有《孟子》一书,其文章说理畅达,气势充沛并长于论辩,逻辑严密,尖锐机智,代表着传统散文写作的高峰。孟子在人性问题上提出性善论,即"人之初,性本善。"

本文摘自《孟子·离娄章句下》。文中所列举的五种不孝与后世所谓"不孝有三,无后为大"的三种不孝有所不同。对于今天的人来说,这五种不孝的情况仍然程度不同地存在着,最为典型、最切中时弊的恐怕是第三种了:

好财货,私妻子,不顾父母之养。

新闻媒介报道也罢,漫画讽刺也罢,街谈巷议也罢,这一类事情的确是见得很多了。

有些人养下不养上。下是"小皇帝",上是"老长工"。这些人怎么就没有想到,自己有一天也会老啊,而"小皇帝"又会有他们自己的"小皇帝",自己不就成为"老长工"了吗?如此恶性循环,岂不悲哉!

可见,提倡孝敬父母,强调赡养父母,到今天不仅没有过时,反而具有非常重要的现实意义。

在生活中难免会与父母发生矛盾,你是如何正确处理与父母的矛盾的?

弟子规·入则孝

[清] 李毓秀

父母呼，应勿缓。父母命，行勿懒。
父母教，须敬听。父母责，须顺承。
冬则温，夏则清。晨则省，昏则定。
出必告，反必面。居有常，业无变。
事虽小，勿擅为。苟擅为，子道亏。
物虽小，勿私藏。苟私藏，亲心伤。
亲所好，力为具。亲所恶，谨为去。
身有伤，贻亲忧。德有伤，贻亲羞。
亲爱我，孝何难。亲憎我，孝方贤。
亲有过，谏使更。怡吾色，柔吾声。
谏不入，悦复谏。号泣随，挞无怨。
亲有疾，药先尝。昼夜侍，不离床。
丧三年，常悲咽。居处变，酒肉绝。
丧尽礼，祭尽诚。事死者，如事生。

[知识驿站]

译文

父母呼唤我们，我们应该及时答应，不要缓慢答应。父母交代的事情，要马上去做，不可拖延或推辞偷懒。

父母教导我们为人处世的道理，我们应该恭敬聆听。父母责备教训时，应恭顺地虚心接受。

侍奉父母要用心体贴，冬天寒冷时为父母温暖被窝，夏天睡前为父母铺床扇凉。早晨起床，应先探望父母，向父母请安问好；晚上伺候父母安睡。

外出办事时，应该告诉父母去处；回家以后，也要当面禀报父母，让他们心安。平常起居作息，要保持规律，做事有规矩，不任意改变世代相沿的事业。

纵然是小事，也不能擅自做主，不向父母禀告。如果任性而为，就有损于为人子女的本分，是不孝的行为。

公物虽小，也不可私自收起占为已有。如果这样，品德就有缺失，父母知道了一定很伤心。

父母亲所喜好的东西，做子女的应尽力准备齐全；父母厌恶的事情，要小心谨慎去除。

要爱护自己的身体，不要使之受到伤害，让父母忧虑。要注重自己的品格修养，不可以做出有违道德的事情，让父母蒙羞。

当父母喜爱我们时，孝顺不难做到；当父母不喜欢我们时，或者管教过于严厉时，我们一样孝顺，而且还能反省自己，体会父母心意，努力改过并做得更好，这样的孝顺才最为难能可贵。

父母有过错，应规劝使之改正。劝导时态度要诚恳，声音需柔和，要和颜悦色。

如果父母不听规劝，寻找适当时机再继续劝导；若父母仍不接受，我们要痛哭流涕，恳求父母改过，纵然遭到责打也不怨悔。

父母生病时，子女应尽心照顾亲尝汤药，一旦病情沉重要昼夜服侍，不离病床。

父母去世后，要守孝三年，要常常追思感怀父母教养的恩德。守孝期间自己住的地方也要改为简朴风格，并戒绝酒肉。

办理父母的丧事要依照礼仪，不可草率马虎，祭拜时要诚心诚意。对待已经去世的父母，要如同生前一样的恭敬。

（参考资料：周金明，阮学，尹传新.弟子规教育读本[M].长春：吉林人民出版社，2018.）

[作品档案]

《弟子规》是学童们的生活规范，是清代的学者李毓秀依据至圣先师孔子的教诲编成的。

孔子说："孩子生下来三年之久，才离开父母的怀抱，能够自己走自己吃，让父母稍稍松一口气，当子女的，我们在父母去世后，为什么就不能在三年的丧期中时时刻刻想念父母，爱念父母呢？"人生在世，父母与我们最亲，给我们的恩情也最重，努力学习侍奉父母的礼节，把孝道当成一项大事业，用心经营，才能立足于天地之间。父慈子孝，不一定让我们的家富裕有钱，不一定有花园别墅可以住，但是，孝行却可以建立天然和谐的秩序，让我们活在安和乐逸的环境中。家，如果是一个人的堡垒，孝就是堡垒下的基石。多一份孝心，家就多一份保障，让我们用孝行使家固若金汤。

《弟子规》中列举的这些规矩，看似平常无奇，但是，如果我们认真去实行，就会带给父母亲欢欣快乐。现在我们在家庭中培养出这么好的言行举止，将来自然会有意想不到的收获。

古人云：羊有跪乳之恩，鸦有反哺之义。父母对你有养育教导之恩，你在平时是如何孝敬父母的？

纸船——寄母亲

冰 心

我从不肯妄弃了一张纸,
总是留着——留着,
叠成一只一只很小的船儿,
从舟上抛下在海里。

有的被天风吹卷到舟中的窗里,
有的被海浪打湿,沾在船头上。
我仍是不灰心地每天叠着,
总希望有一只能流到我要它到的地方去。

母亲,倘若你梦中看见一只很小的白船儿,
不要惊讶它无端入梦。
这是你至爱的女儿含着泪叠的,
万水千山,求它载着她的爱和悲哀归去!

[作品档案]

冰心(1900年10月5日—1999年2月28日),女,原名谢婉莹,福建长乐人,中国民主促进会(民进)成员,诗人、现代作家、翻译家、儿童文学作家、社会活动家、散文家。笔名"冰心"取自"一片冰心在玉壶"。

1923年初夏,冰心毕业于燕京大学。同年8月17日,她由上海乘"约克逊"号邮船赴美国留学。8月19日抵日本神户,21日游览了横滨。从写作时间来看,这首诗是诗人于游览横滨之后的第六天,在继续向大洋彼岸进发的海轮上创作的。

诗的第一节从自己充满天真童心的行为——折纸做船写起,说自己在海船上不肯妄弃一张纸,留着它折叠成船,从船上抛到海里。看似平淡的四行诗,为感情的喷发做了铺垫。第二节写从船上抛出的纸船的去向:"有的被天风吹卷到舟中的窗里,有的被海浪打湿,沾在船头上。"这种种去向,都不符合诗人诚挚的心愿。她"总希望有一只能流到我要它到的地方去"。为此,她"仍是不灰心地每天叠着"。可见她这种愿望的强烈、诚挚。至于希望那纸船流到什么地方去,诗人在这一节中没有明白说出,从而造成悬念,耐人寻味。诗人自然明白纸船是不可能流到母亲身边的,于是诗的第三节翻出新意。诗人遥想母亲梦中看见一只很小的白船。如果说这一想象还属一般的话,"不要惊讶它无端入梦",就显示了诗人设想的奇特。诗人采用"卒章显其志"的方法,在诗的结尾点明想象中进入母亲梦中的纸船是她含着泪叠的,她祈求纸船载着她对母亲的爱和因远离母亲而产生的悲哀情怀流到母亲的身边。这一结尾,是全诗的高潮所在。

怀念母亲的感情,比较抽象,写作时易流于空洞浮泛。这首诗构思新颖,诗人采用托物寓情的方法,感情的抒发就显得既生动、具体,又含蓄、深沉。此外,这首诗的诗行较长,语调缓慢,正与对母亲的绵长思念相协调。

这首思念母亲的诗,不同于大多数同类题材的诗歌,冰心选取了一个新颖的写作视角,用孩子般的纯洁和天真,从儿童的游戏世界选取纸船作为寄托对母亲无限思念的中介物,用纸船向人们展现了游子在外漂泊、无依无靠的形象,进而抒发出作者对母亲、对祖国的深深眷恋之情。

我读我思

我们有时会离开父母远行,有时父母也会为了生活在远方辛苦工作。在想念父母的时候,你是如何表达自己的思念之情的?

父爱之舟（节选）

吴冠中

是昨夜梦中的经历吧，我刚刚梦醒！

朦胧中，父亲和母亲在半夜起来给蚕宝宝添桑叶……每年卖茧子的时候，我总跟在父亲身后，卖了茧子，父亲便给我买枇杷吃。

我又见到了姑爹那只小小渔船。父亲送我离开家乡去报考学校以及上学，总是要借用姑爹这只小渔船。他同姑爹一同摇船送我。带了米在船上做饭，晚上就睡在船上，这样可以节省饭钱和旅店钱。我们不肯轻易上岸，花钱住旅店的教训太深了。有一次，父亲同我住了一间最便宜的小客栈，夜半我被臭虫咬醒，遍体都是被咬的大红疙瘩，父亲心疼极了，叫来茶房，掀开席子让他看满床乱爬的臭虫及我的疙瘩。茶房说没办法，要么加点钱换个较好的房间。父亲动心了，但我年纪虽小却早已深深体会到父亲挣钱的艰难。他平时节省到极点，自己是一分冤枉钱也不肯花的，我反正已被咬了半夜，只剩下后半夜，不肯再加钱换房子……恍恍惚惚我又置身于两年一度的庙会中，能去看看这盛大的节日确是无比的快乐，我欢喜极了。我看各样彩排着的戏人边走边唱。看高跷走路，看虾兵、蚌精、牛头、马面……人山人海，卖小吃的挤得密密层层，各式各样的糖果点心，鸡鸭鱼肉都有，我和父亲都饿了，我多馋啊！但不敢，也不忍心叫父亲买。父亲从家里带了粽子，找个偏僻的地方，父子俩坐下吃凉粽子，吃完粽子父亲觉得我太委屈了，领我到小摊上吃了碗热豆腐脑，我叫他也吃，他就是不吃。卖玩意儿的也不少，彩色的纸风车、布老虎、泥人、竹制的花蛇……父亲回家后用几片玻璃和彩色纸屑等糊了一个万花筒，这便是我童年唯一的也是最珍贵的玩具了。万花筒里那千变万化的图案花样，是我最早的抽象美的启迪者吧！

父亲经常说要我念好书，最好将来到外面当个教员……冬天太冷，同学们手上脚上长了冻疮，有的家里较富裕的女生便带着脚炉来上课，上课时脚踩在脚炉上，大部分同学没有脚炉，一下课便踢毽子取暖。毽子越做越讲究，黑鸡毛、白鸡毛、红鸡毛、芦花鸡毛等各种颜色的毽子满院子飞。后来父亲居然从和桥镇上给我买回来一个皮球，我快活极了，同学们也非常羡慕。夜晚睡觉，我将皮球放在自己的枕头边。但后来皮球瘪了下去，必须到和桥镇上才能打气，我天天盼着父亲上和桥去。一天，父亲突然上和桥去了，但他忘了带皮球，我发觉后拿着瘪皮球追上去，一直追到栋树港，追过了渡船，向南遥望，完全不见父亲的背影，到和桥有十里路，我不敢再追了，哭着回家。

我从来不缺课，不逃学。读初小的时候，遇上大雨大雪天，路滑难走，父亲便背着我上学，我背着书包伏在他背上，双手撑起一把结结实实的大黄油布雨伞。他扎紧裤脚，穿一双深筒钉鞋，将棉袍的下半截撩起扎在腰里，腰里那条极长的粉绿色丝绸汗巾可以围腰两三圈，还是母亲出嫁时的陪嫁呢。

初小毕业时，宜兴县举办全县初小毕业会考，我考了总分七十几分，属第三等。我在学校里虽是绝对拔尖的，但到全县范围一比，还远不如人家。要上高小，必须到和桥去念县立鹅山小学。和桥是宜兴的一个大镇，鹅山小学就在镇头，是当年全县最有名气的县立完全小学，设备齐全，教师阵容强，方圆二十里之内的学生都争着来上鹅山。因此要上鹅山高小不容易，须通过入学的竞争考试，我考取了。要住在鹅山当寄宿生，要缴饭费、宿费、学杂费，书本费也贵了，于是家里巢稻、卖猪，每学期开学要凑一笔不少的钱。钱，很紧，但家里愿意将钱都花在我身上。我拿着凑来的钱去缴学费，感到十分心酸。父亲送我到校，替我铺好床被，他回家时，我偷偷哭了。这是我第一次真正心酸的哭，与在家里撒娇的哭、发脾气的哭、打架的哭都大不一样，是人生道路中品尝到的新滋味了。

第一学期结束，根据总分，我名列全班第一。我高兴极了，主要是可以给父亲和母亲一个天大的喜讯了。我拿着级任老师孙德如签名盖章，又加盖了县立鹅山小学校章的成绩单回家，路走得比平常快，路上还又取出成绩单来重看一遍那紧要的栏目：全班六十人，名列第一，这对父亲确是意外的喜讯，他接着问："那朱自道呢？"父亲很注意入学时全县会考第一名朱自道，他知道我同朱自道同班，我得意地、迅速地回答："第十名。"正好缪祖尧老师也在我们家，也乐开了："茅草窝里要出笋了！"

我唯一的法宝就是考试，从未落过榜，我又要去投考无锡师范了。

为了节省路费，父亲又向姑爹借了他家的小小渔船，同姑爹两人摇船送我到无锡，时值暑天，为避免炎热，夜晚便开船，父亲和姑爹轮换摇橹，让我在小舱里睡觉。但我也睡不好，因确确实实已意识到考不取的严重性，自然更未能领略到满天星斗、小河里孤舟缓缓夜行的诗画意境，船上备一只泥灶，自己煮饭吃，小船既节省了旅费，又兼做宿店和饭店。只是我们的船不敢停到无锡师范附近，怕被别的考生及家长们见了嘲笑。

老天不负苦心人，他的儿子考取了。送我去入学的时候，依旧是那只小船，依旧是姑爹和父亲轮换摇船，不过父亲不摇橹的时候，便抓紧时间为我缝补棉被，因我那长期卧病的母亲未能给我备齐行装。我从舱里往外看，父亲那弯腰低头缝补的背影挡住了我的视线。后来我读到朱自清先生的《背影》时，这个船舱里的背影便也就分外明显，永难磨灭了！不仅是背影时时在我眼前显现，鲁迅笔底的乌篷船对我也永远是那么亲切，虽然姑爹小船上盖的只是破旧的篷，远比不上绍兴的乌篷船精致，但姑爹的小小渔船仍然是那么亲切，那么难忘……我什么时候能够用自己手中的笔，把那只载着父爱的小船画出来就好了！

庆贺我考取了颇有名声的无锡师范，父亲在临离无锡回家时，给我买了瓶汽水喝。我以为汽水必定是甜甜的凉水，但喝到口，麻辣麻辣的，太难喝了。店伙计笑了："以后住下来变了城里人，便爱喝了！"然而我仍不爱喝汽水。

师范毕业当个高小的教员，这是父亲对我的最高期望。但师范生等于稀饭生，同学们都这样自我嘲讽。我终于转入了极难考进的浙江大学代办的工业学校电机科，工业救国是大道，至少毕业后职业是有保障的。幸乎？不幸乎？由于一些偶然的客观原因，我接触到了杭州艺专，疯狂地爱上了美术。正值那感情似野马的年龄，为了爱，不听父亲的劝告，不考虑今后的出路，毅然沉浮于茫无边际的艺术苦海，去挣扎吧，去喝一口一口失业和穷困的苦水吧！我不怕，只是不愿父亲和母亲看着儿子落魄潦倒。我羡慕过没有父母、没有人关怀的孤儿、浪子，自己只属于自己，最自由，最勇敢。

……

醒来，枕边一片湿。

[作品档案]

吴冠中（1919年8月29日—2010年6月25日），现代画家。他生于江苏省宜兴县一个乡村教师家庭。从无锡师范初中部毕业后，考入浙江大学代办省立高级工业职业学校。1936年转入杭州艺术专科学校，师从李超士、常书鸿及潘天寿等学习中、西绘画。

文章所写的内容看似零碎，其实结构严谨。全篇采用倒叙的手法，从梦境开始，引入对往事的回忆；以从梦中醒来、泪湿枕边结束，首尾圆合。往事潜入梦中，说明往事难忘，更深刻地表现出父爱在"我"心中留下的印记难以磨灭。文中四次写到姑爹的小船，以此贯穿全文，把种种往事连为一体，父爱与小舟不可分割，船来船往，我的感受也在变化，主题在叙述中得到了层层深化。最后一次提到小船时，作者明确地写道："我什么时候能够用自己手中的笔，把那只载着父爱的小船画出来就好了！"至此点明题目，文章的主旨也得以揭示。

《父爱之舟》一文围绕"父爱"这一中心，写出了父亲深沉的爱子之情，抒发了儿子对父亲的怀念和对父爱的深深感谢。"父爱之舟"，既是指姑爹的渔船，也是指父亲的爱，两者已经融为一体。就是这一只小船，送"我"走到人生的一个又一个关口，承载着父亲对我的深切期望和浓重的爱。平凡的语言，平凡的小事，却因父爱的伟大，使文章充满了魅力。掩卷沉思，我们是否能悟出：父亲对自己的爱就隐藏在自己平时一点都不注意的小事中呢？

请分享你与父亲之间最难忘的一件往事。

孝心无价（节选）

毕淑敏

我不喜欢一个苦孩子求学的故事。家庭十分困难，父亲逝去，弟妹嗷嗷待哺，可他大学毕业后，还要坚持读研究生，母亲只有去卖血……我以为那是一个自私的学子。求学的路很漫长，一生一世的事业，何必太在意几年蹉跎？况且这时间的分分秒秒都苦涩无比，需用母亲的鲜血灌溉！一个连母亲都无法挚爱的人，还能指望他会爱谁？把自己的利益放在至高无上位置的人，怎能成为为人类奉献的大师？

我也不喜欢父母重病在床，断然离去的游子，无论你有多少理由。地球离了谁都照样转动，不必将个人的力量夸大到不可思议的程度。在一位老人行将就木的时候，将他对人世间最后期冀的希望斩断，以绝望之心在寂寞中远行，那是对生命的大不敬。

我相信每个赤诚忠厚的孩子，都曾在心底向父母许下"孝"的宏愿，相信来日方长，相信水到渠成，相信自己必有功成名就衣锦还乡的那一天，可以从容尽孝。可惜人们忘了，忘了时间的残酷，忘了人生的短暂，忘了世上有永远无法报答的恩情，忘了生命本身有不堪一击的脆弱。

父母走了，带着对我们深深的挂念。父母走了，遗留给我们永无偿还的心情。你就永远无以言孝。

有一些事情，当我们年轻的时候，无法懂得。当我们懂得的时候，已不再年轻。世上有些东西可以弥补，有些东西永无弥补……

"孝"是稍纵即逝的眷恋，"孝"是无法重现的幸福。"孝"是一失足成千古恨的往事，"孝"是生命与生命交接处的链条，一旦断裂，永无连接。赶快为你的父母尽一份孝心。也许是一处豪宅，也许是一片砖瓦。也许是大洋彼岸的一只鸿雁，也许是近在咫尺的一个口信。也许是一顶纯黑的博士帽，也许是作业簿上的一个红五分。也许是一桌山珍海味，也许是一个野果一朵小花。也许是花团锦簇的盛世华衣，也许是一双洁净的旧鞋。也许是数以万计的金钱，也许只是含着体温的一枚硬币……但"孝"的天平上，它们等值。

只是，天下的儿女们，一定要抓紧啊！趁我们父母健在的光阴。

[作品档案]

毕淑敏，女，国家一级作家。1952年出生于新疆伊宁，中共党员，中学就读于北京外国语学院附属学校。1969年入伍，在喜马拉雅山、冈底斯山、喀喇昆仑山交汇的西藏阿里高原部队当兵十一年，历任卫生员、助理军医、军医等。1980年转业回北京。1991年毕业于北京师范大学研究生院中文系，硕士研究生学历。从事医学工作二十年后，她开始专业写作，自1987年开始共发表作品二百余万字。1989年加入中国作家协会。著有《毕淑敏文集》十二卷，长篇小说《红处方》《血玲珑》《拯救乳房》《女心理师》《鲜花手术》等。曾获庄重文文学奖、小说月报第四至六届百花奖、当代文学奖、陈伯吹文学大奖、北京文学奖、昆仑文学奖、解放军文艺奖、青年文学奖等各种文学奖三十余次。

子女对待父母的"孝"，无论什么方式，无论这种方式是丰厚还是微薄，只要是向父母献上一份孝心，这种感情都是无比珍贵和美好的。养儿方知父母恩，自己做了妈妈后对"父母"有了更深的认识，父母为儿女全心全意，尽管深知儿女对父母的爱会大打折扣，但没有哪位父母会因此控制自己的"爱心"。

我读我思

你和父母之间有没有遗憾？如果有，在往后的岁月里，你将如何弥补这一遗憾？

朗读训练

自由诗的朗读

自由诗是没有规则的音节、韵律及其他正规设计的诗。它追求"有机形式",依靠言语的自然节奏。这种言语对诗的主题和感情来说是"自然"的。

1. 自由诗的特色

五四运动前后,自由诗开始在我国流行。自由诗从旧式诗词格律的镣铐里脱胎而出,在体式、音节、语言方面力求解放,显示出以下这些新的特色:

首先,破除僵化、陈腐的文言,以白话加入诗行。尤其提倡以接近大众口语的简洁亲切的俗字俗语取代文言的艰涩滥调,实写社会状况,表现真挚的感情和崭新的思想。

其次,在音节韵律上破除旧体诗词的声韵、格律平仄,废除骈偶、典故等僵化的束缚,讲究切合自然音乐而不必拘于音韵。诗歌的声气音节轻重缓急、抑扬顿挫只求合乎诗人自身情绪感兴的自然消长和语气的自然节奏。

另外,自由诗在体式上有意追求一种无拘无束、自由自在的表达方式。不为格律音韵所束缚,毫无顾忌地倾吐心里的东西;诗既不分行也不押韵,即使分节分行,也完全按照作品内容随意排列。这些都是自由诗艺术形式上的主要特点。

自由诗的不足也非常明显:诗的语言和形式自由开放,缺乏应有的约束,语风散漫,总显得平铺直叙,一览无余。这种过分直露和明快的毛病,不仅使诗作本身缺乏应有的意境和充沛深刻的感情,也导致诗歌从整体的构成上丧失了美感,听者往往听不出诗行,不觉得有诗味,自由诗的朗读变得和一般散文的朗读差不多。

2. 自由诗的朗读技巧

那么,怎样才能朗读好自由诗呢?

(1)感情真挚,因境抒情。真挚的感情是朗读好自由诗的根本前提。另外,不论是叙事诗还是抒情诗,如果没有朗读出意境,就不算好的朗读。尤其要注意那句句比喻、处处象征的诗,它们像万花筒般千变万幻,如果不从意境着眼,就会如同坠入云雾之中,不知所云。

例如《致橡树》:

我如果爱你——

绝不像攀援的凌霄花,
借你的高枝炫耀自己;
我如果爱你——
绝不学痴情的鸟儿,
为绿荫重复单调的歌曲;
也不止像泉源,
常年送来清凉的慰藉;
也不止像险峰,
增加你的高度,衬托你的威仪。
甚至日光,
甚至春雨。

不,这些都还不够!
我必须是你近旁的一株木棉,
作为树的形象和你站在一起。
根,紧握在地下;
叶,相触在云里。
每一阵风过,
我们都互相致意,
但没有人,
听懂我们的言语。
你有你的铜枝铁干,
像刀,像剑,也像戟;
我有我红硕的花朵,
像沉重的叹息,
又像英勇的火炬。

我们分担寒潮、风雷、霹雳;
我们共享雾霭、流岚、虹霓。
仿佛永远分离,
却又终身相依。

> 这才是伟大的爱情，
> 坚贞就在这里：
> 爱——
> 不仅爱你伟岸的身躯，
> 也爱你坚持的位置，
> 脚下的土地。

在艺术表现上，诗歌采用了内心独白的抒情方式，便于坦诚、开朗地直抒诗人的心灵世界，同时以整体象征的手法构造意象（全诗以橡树、木棉的整体形象对应象征爱情双方的独立人格和真挚爱情），使哲理性很强的思想意念得以在亲切可感的形象中生发、诗化，这首诗也因此富于理性气质。

（2）把握节奏，重视诗味。若说节奏是诗的生命，这一点也不过分。自由诗艺术形式上的主要特点，就是诗歌的声气音节轻重缓急、抑扬顿挫只求合乎诗人自身情绪感兴的自然消长和语气的自然节奏。朗读时，如果不把握好节奏，就会只剩下"自由"而丢掉了"诗"味。

诗味，恰从节奏中来。自由诗朗读的节奏，不但展现着意境美，而且显示着音韵美，诗味便如影随形地飘散出来。

自由诗本身就包含着符合诗情的语节（这里所说的语节，含有音步、节拍的意思）；如果仅从语节看，远不如格律诗那样整齐。自由诗本身是分行写出来的；如果从分行看，长短不一，有的诗行甚至不成语句。自由诗多数要分诗节，或两行一个诗节，或四行、五行甚至更多行为一个诗节，全诗分若干个诗节。比如《致橡树》就可以分为三个诗节。

第一节的"我如果爱你——绝不像攀援的凌霄花，借你的高枝炫耀自己；我如果爱你——绝不学痴情的鸟儿，为绿荫重复单调的歌曲；也不止像泉源，常年送来清凉的慰藉；也不止像险峰，增加你的高度，衬托你的威仪。甚至日光，甚至春雨。"表达了木棉既不想高攀对方，借对方的显赫来炫耀虚荣，也不想一厢情愿地淹没在对方冷漠的浓荫下，独自唱那单恋的痴曲。

第二节的"不，这些都还不够！我必须是你近旁的一株木棉，作为树的形象和你站在一起"，说明了木棉偏要打破爱情中只提倡为对方牺牲的藩篱，鲜明地表示自己不愿当附属品，成为对方的陪衬和点缀，而是必须与对方站在同等的地位上。"根，紧握在地下；叶，相触在云里。每一阵风过，我们都互相致意，但没有人，听懂我们的言语。"表明了恋人之间的并肩携手、心心相印。"你有你的铜枝铁干，像刀，像剑，也像戟"，象征男性——伟岸挺拔，刚强不屈，锋芒锐利，具有阳刚气概；"我有我红硕的花朵，像沉重的叹息，又像英勇的火炬"，象征女性——健康活泼，美丽动人，深沉博大，坚韧不屈，具有柔韧气质。作者在这里提出了现代女性所应有的爱情观，那就是真正意义上的男女平等，心心相印，互敬互爱，志同道合。男女独立的人格不但没有失去应有的光辉，反而在相互的掩映下更加璀璨。

第三节的"我们分担寒潮、风雷、霹雳；我们共享雾霭、流岚、虹霓。仿佛永远分离，却又终身相依。"表明了恋人要"同甘苦，共患难"。也就是爱情双方都置身于同一现实环境中，无论是艰辛的生活还是幸福的境遇，他们都一同分享。"这才是伟大的爱情，坚贞就在这里：爱——不仅爱你伟岸的身躯，也爱你坚持的位置，脚下的土地。"作者想要表达爱情的坚贞不仅表现在自己忠实于对方的"伟岸的身躯"，既达到外貌上的倾慕和形体上的结合，还要更进一步地把对方的工作岗位、信念和理想也纳入自己的爱情怀抱。也就是站在同一阵地，有着同一种生活信念。

这样，语节、诗行、诗节就成了朗读时有声语言的"步子"。朗读时要跟着节奏随步移形，注意呼应对称。

（3）起伏跌宕，停连灵动。比起格律诗，自由诗的朗读可以更加起伏跌宕，可以更加停连灵动。朗读自由诗，要因境抒情，因情用声。要善于让语势如潮起潮落，跌宕起伏；要大胆地使用突停、长停、快连、推进、虚实等表达技巧。

如《致橡树》的第二诗节："不，这些都还不够！我必须是你近旁的一株木棉，作为树的形象和你站在一起。"朗读此处的诗行时，感情必须真挚、坚定，来不得半点犹豫不决。读到"根，紧握在地下"时，吸气要深，用气要沉，声音要厚重；读到"叶，相触在云里"时，语势坚决扬起，而且两句之间的连接要快，推进要有力。"每一阵风过，我们都互相致意，但没人，听懂我们的言语。"朗读此处的诗行时，声音突然变轻、变柔，语气有一种自豪的感情色彩。在"听懂我们的言语"之后，要敢停，并且敢于停顿得长一些。读到最后的诗行"你有你的铜枝铁干，像刀，像剑，也像戟；我有我红硕的花朵，像沉重的叹息，又像英勇的火炬"时，要有实有虚，虚实结合，正如潮起潮落，跌宕起伏。句号后面要果断停顿，毫不拖泥带水。

需要强调的是，自由诗朗读中的起伏跌宕、停连灵动都必须以思想感情为依据，不应以无情之声读有情之语。不少朗读者，甚至一些所谓的朗读大家，总喜欢以自我感觉良好的朗诵腔调来朗读诗，忽快忽慢，忽高忽低，装腔作势，令人生厌。还有一些朗读者，把自由当成了随意，想怎么朗读就怎么朗读，大大超越了诗人严谨的构思和诗篇严密的布局。那语言也是貌似平易，实则浅显，貌似自然，实则干瘪。所有这些都是不可取的。

玉壶冰心——师友谊韵篇

导读

　　师友情谊是指师生之间、朋友之间的深厚感情。在中国文化中，这种情谊受到特别重视，因为它不仅仅代表了人与人之间的简单联系，更象征着一种道德和精神上的支持和互助。

　　在师生关系中，老师通常被视为传授知识、技能和人生智慧的角色，而学生则应尊敬老师，学习并继承其优点。这种关系在传统手艺、武术、学术等多个领域中都有体现。在朋友关系中，互相信任、相互支持、共同进步是这种情谊的核心。

　　师友情谊不仅仅是两个人之间的简单联系，还包含了一系列的道德规范和行为准则，如忠诚、尊敬、助人为乐等。这些规范和准则与中国传统文化和社会主义核心价值观相契合，强调了集体主义和共同进步的重要性。

　　在中国历史上，许多著名的老师与弟子、朋友之间的故事，如孔子与他的弟子、李白与杜甫的友情等，都被传颂千古，成为师友情谊的典范。这些故事不仅仅展现了个人之间的深厚情谊，更体现了整个社会对于这种关系的尊重和推崇。

送杜少府之任蜀州①

[唐]王 勃

城阙辅三秦②,风烟望五津③。
与君④离别意,同是宦游⑤人。
海内⑥存知己,天涯若比邻⑦。
无为在歧路⑧,儿女共沾巾⑨。

[知识驿站]

注释

① 少府:官名。之:到、往。蜀州:今四川崇州。

② 城阙(què)辅三秦:城阙,即城楼,指唐代京师长安城。辅三秦,一作"俯西秦"。辅,护卫。三秦,指长安城附近的关中之地,即今陕西省潼关以西一带。秦朝末年,项羽破秦,把关中分为三区,分别封给三个秦国的降将,所以称三秦。这句是倒装句,意思是京师长安三秦作保护。

③ 风烟望五津:江边因远望而显得迷茫如啼眼,是说在风烟迷茫之中,遥望蜀州。"风烟"两字名词用作状语,表示行为的处所。五津,指岷江的五个渡口:白华津、万里津、江首津、涉头津、江南津。这里泛指蜀川。

④ 君:对人的尊称,相当于"您"。

⑤ 同:一作"俱"。宦游:出外做官。

⑥ 海内:四海之内,即全国各地。古代人认为我国疆土四周环海,所以称天下为四海之内。

⑦ 天涯若比邻:天涯,天边,这里比喻极远的地方。比邻,并邻,近邻。

⑧ 无为:无须、不必。歧(qí)路:岔路。古人送行常在大路分岔处告别。

⑨ 沾巾:泪沾手巾,形容落泪之多。

译文

三秦之地护卫着巍巍长安,透过那风云烟雾遥望着蜀川。和你离别心中怀着无限情意,因为我们同是在宦海中浮沉。

四海之内有知心朋友，即使远在天边也如近在比邻。绝不要在岔路口上分手之时，像恋爱中的青年男女那样悲伤得泪湿衣巾。

(参考资料：戴燕．历代诗词曲选注[M]．杭州：浙江文艺出版社，2006.)

[作品档案]

王勃（649或650—676或675年），字子安，绛州龙门（今山西河津）人，唐代诗人。与杨炯、卢照邻、骆宾王齐名，世称"初唐四杰"。唐高宗上元三年（676年）八月，王勃自交趾（古代地名，位于今越南北部红河流域）探望父亲返回时，不幸渡海溺水，惊悸而死。

王勃在诗歌体裁上擅长五律和五绝，代表作品有《送杜少府之任蜀州》等；主要文学成就是骈文，无论是数量还是质量，堪称一时之最，代表作品有《滕王阁序》等。

《送杜少府之任蜀州》是作者在长安时所写。这位姓杜的少府将到四川去上任，王勃在长安相送，临别时赠送给他这首送别诗。此诗意在慰勉友人勿在离别之时过于悲哀。首联描画出送别地与友人出发地的形势和风貌，暗含别离之意，其表述严谨，对仗工整；颔联为宽慰之辞，点明离别的必然性，以散调相承，由实转虚；颈联笔锋突起，高度概括"友情深厚，江山难阻"的情景，使友情升华到一种更高的美学境界；尾联点出"送"的主题，同时继续劝勉、叮嘱朋友，也是自己情怀的吐露。

全诗结构跌宕，气韵流畅，意境旷达，虽篇幅极短，却开合顿挫，变化无穷，风光无限，堪称送别诗中的不世经典。

我读我思

"海内存知己，天涯若比邻。"可谓千古名句，你还知道哪些意境与之相似的诗句吗？请抄录在下面。

芙蓉楼送辛渐①

[唐] 王昌龄

寒雨连江夜入吴②,平明送客楚山孤③。
洛阳亲友如相问④,一片冰心在玉壶⑤。

[知识驿站]

注释

①芙蓉楼:原名西北楼,登临可以俯瞰长江,遥望江北,在润州(今江苏省镇江市)西北。据《元和郡县志》卷二十六《江南道·润州·丹阳》:"晋王恭为刺史,改创西南楼名万岁楼,西北楼名芙蓉楼。"一说此处指黔阳(今湖南省怀化市黔城镇)芙蓉楼。辛渐:诗人的一位朋友。

②寒雨:秋冬时节的冷雨。连江:雨水与江面连成一片,形容雨很大。吴:古代国名,这里泛指江苏南部、浙江北部一带。镇江一带为三国时吴国所属。

③平明:天刚亮的时候。平明即平旦,也就是我们现在所说的黎明之时。用地支表示这个时段则为寅时,即每天清晨的3—5时,即是古时讲的五更。客:指作者的好友辛渐。楚山:楚地的山。这里的楚也指南京一带,因为古代吴、楚先后统治过这里,所以吴、楚可以通称。孤:独自,孤单一人。

④洛阳:现位于河南省西部、黄河南岸。

⑤冰心:比喻纯洁的心。玉壶:玉做的壶。比喻人品性高洁。

译文

冷雨连夜洒遍吴地江天,清晨送走你后,独自面对着楚山离愁无限!

到了洛阳,如果洛阳亲友问起我来,就请转告他们,我的心依然像玉壶里的冰那样晶莹纯洁!

(参考资料:张国举,等.唐诗精华注译评[M].长春:长春出版社,2010.)

[作品档案]

王昌龄(698—756年),字少伯,河东晋阳(今山西太原)人,又一说京兆长安(今陕西西安)人,盛唐著名边塞诗人,后人誉为"七绝圣手"。早年贫贱,困于农耕,而立之年,始中进士。初任秘书省校书郎,又中博学宏辞,授汜水尉,因事贬岭南。与李白、高适、王维、王之涣、岑参等交厚。

此诗当作于天宝元年(742年),王昌龄当时为江宁丞。辛渐是王昌龄的朋友,这次拟由润州渡江,取道扬州,北上洛阳。王昌龄可能陪他从江宁到润州,然后在此分手。这首诗为在江边离别时所写。

《芙蓉楼送辛渐》是《芙蓉楼送辛渐二首》中的第一首。此诗描写了早晨诗人在江边送别辛渐的情景。全诗即景生情,寓情于景。诗中苍茫的江雨和孤峙的楚山,不仅烘托出诗人送别时的凄寒孤寂之情,更展现了诗人开朗的胸怀和坚强的性格。屹立在江天之中的孤山与冰心置于玉壶的比象间又形成一种有意无意的照应,令人自然联想到诗人孤介傲岸、冰清玉洁的形象,这种巧妙的构思和深邃的意蕴,完美地融入了一片清幽明净的意境之中。因此,这首诗显得浑然天成,毫无斧凿之痕,含蓄蕴藉,余韵无穷。

我读我思

试与高适《别董大》做比较,分析这两首诗在表达送别之情方面的异同。

奉和令公绿野堂种花①

[唐] 白居易

绿野堂开占物华②,路人指道令公家。
令公桃李③满天下,何用堂前更种花。

[知识驿站]

注释

①奉和:作诗词和别人相应和,达到一唱一和的效果。令公:即指裴度。令公是唐朝对中书令的尊称。裴度(765—839年),字中立,河东闻喜(今山西省闻喜县)人,唐代文学家、政治家,因为拥立唐文宗有功,进位至中书令。又绿野堂为裴度之宅,所以这里的令公是指裴度。绿野堂:唐代裴度的住宅名,故址在今天的河南省洛阳市南。

②开:创立,建设。物华:万物的精华。

③桃李:代指学生。

译文

绿野堂建成之后占尽了万物的精华,路人指着宅子说这是裴令公的家啊。

裴令公的桃李学生遍布天下,哪里用得着再在门前屋后种花呢?

(参考资料:何举芳.中华经典美文选读[M].兰州:敦煌文艺出版社,2019.)

[作品档案]

白居易(772—846年),字乐天,号香山居士,又号醉吟先生,祖籍太原,生于河南新郑,是唐代伟大的现实主义诗人。白居易与元稹共同倡导新乐府运动,世称"元白",与刘禹锡并称"刘白"。

《奉和令公绿野堂种花》是一首七言绝句,此诗以绿野堂为背景,通过描写裴度的房子不用种花就占尽万物的精华,表现了对恩师桃李满天下、声名远播的赞美。首句描绘绿野堂美景,形容裴度的房子建成后占尽万物风光;颔句强调裴度的名声远扬,说明其声望和影响力大;末二句直接赞美他提携后辈的成就,流露出对他的崇高敬意。全诗情感积极,语言简明直白而又意境深远,值得品读。

你还知道哪些歌颂师生之情的诗句?请抄录在下面。

卜算子·送鲍浩然之浙东①

[宋] 王 观

水是眼波横②，山是眉峰聚③。欲问行人④去那边？眉眼盈盈处⑤。
才始⑥送春归，又送君归去。若到江南赶上春，千万和春住。

[知识驿站]

注释

① 卜算子：词牌名。北宋时盛行此曲。鲍浩然：生平不详，词人的朋友，家住浙江东路，简称浙东。
② 水是眼波横：水像美人流动的眼波。古人常以秋水喻美人之眼，这里反用。眼波，比喻目光似流动的水波。
③ 山是眉峰聚：山如美人蹙起的眉毛。《西京杂记》记载卓文君容貌姣好，眉色如望远山，时人效画远山眉。后人遂喻美人之眉为远山，这里反用。
④ 欲：想，想要。行人：指词人的朋友（鲍浩然）。
⑤ 眉眼盈盈处：一说比喻山水交汇的地方，另有说是指鲍浩然前去与心上人相会。盈盈，美好的样子。
⑥ 才始：方才。

译文

水像美人流动的眼波，山如美人蹙起的眉毛。想问行人去哪里？到山水交汇的地方。

刚刚把春天送走，又要送你归去。如果你到江南能赶上春天，千万要把春天的景色留住。

(参考资料：龙榆生.唐宋名家词选[M].上海：上海古籍出版社，1980.)

[作品档案]

王观（1035—1100年），字通叟，生于如皋（今江苏如皋），北宋著名词人。宋仁宗嘉祐二年（1057年）考中进士。其后，历任大理寺丞、江都知县等职，在任时作《扬州赋》，宋神宗阅后大喜，大加褒赏；又撰《扬州芍药谱》一卷，遂被重用为翰林学士。

这是一首送别词，为送别友人之作。上片用"眼波""眉峰"比喻浙东山水，表明行人去处是令人向往的山清水秀之地；下片点明送别是在暮春时节，写离别思绪和对友人的深情祝愿，叮嘱友人"千万和春住"。词人虽写送别友人，却不落惜别伤感的陈词滥调，而是通过描写别时的景物和离人的行踪，祝愿友人"永葆青春"，表现出两人之间深长的友情和惜春之意。全词构思新颖，比喻巧妙，又语带双关，含而不露，写得妙趣横生，耐人寻味。

分别总是令人伤感的，但是这首词却与众不同，洋溢着春天的气息。你知道还有哪首词与之类似？请分享给大家。

临江仙·送钱穆父①

[宋]苏 轼

一别都门三改火②,天涯踏尽红尘。依然一笑作春温③。无波真古井④,有节是秋筠⑤。惆怅孤帆连夜发,送行淡月微云。尊前不用翠眉颦⑥。人生如逆旅⑦,我亦是行人。

[知识驿站]

注释

①临江仙:唐教坊曲,用作词调。钱穆父:名勰,又称钱四。元祐三年(1088年),因坐奏开封府狱空不实,出知越州(今浙江绍兴)。元祐五年(1090年),又徙知瀛洲(治所在今河北河间)。元祐六年(1091年)春,钱穆父赴任途中经过杭州,苏轼作此词以送。父(fǔ):是对有才德的男子的美称。

②都门:是指都城的城门。改火:古代钻木取火,四季换用不同木材,称为"改火",这里指年度的更替。

③春温:是指春天的温暖。

④古井:比喻内心恬静,情感不为外界事物所动。

⑤筠:竹。

⑥翠眉:古代妇女的一种眉饰,即画绿眉,也专指女子的眉毛。颦:皱眉头。

⑦逆旅:旅舍,旅店。

译文

京城一别我们已是三年未见,你总是远涉天涯辗转在人世间。相逢欢笑时依然像春天般的温暖。你内心始终如古井水不起波澜,高风亮节似秋天的竹竿。

心中惆怅你连夜就要扬帆出发,送行之时云色微茫月光淡淡。离宴中歌舞相伴的歌妓用不着为离愁别恨而哀怨。人生就是座旅店,我也是匆匆过客。

(参考资料:华世杰.语文教学与研究:读写天地[M].上海:华中师范大学出版社,2009.)

[作品档案]

苏轼(1037年1月8日—1101年8月24日),字子瞻、和仲,号铁冠道人、东坡居士,世称苏东坡、苏仙,眉州眉山(四川省眉山市)人,祖籍河北栾城,北宋著名文学家、书法家、画家。苏轼是北宋中期文坛领袖，在诗、词、散文、书法、绘画等方面取得了很高成就。

这首词上片写与友人久别重聚，赞赏友人面对坎坷奔波时的古井心境和秋竹风节；下片切入正题，写月夜与友人分别，抒发了对世事人生的超旷之思。词作以思想活动为线索，先是回顾过去的交往，情谊深厚。话别时对友人关怀备至，双方意绪契合，词中感情一波三折，委曲跌宕，写得可谓动人心弦。全词创新意于法度之中，寄妙理于豪放之外，一改以往送别诗词缠绵感伤、哀怨愁苦或慷慨悲凉的格调，议论风生，直抒性情，写得既有情韵，又富理趣，充分体现了词人旷达洒脱的个性风貌。

这首词是在1091年（宋哲宗元祐六年）春苏轼任杭州（今属浙江）知州时为送别自越州（今浙江绍兴北）转任瀛洲（治今河北河间）途经杭州的老友钱勰（穆父）而作。当时苏轼也将要离开杭州，所以以此词赠行。

我读我思

请阅读苏轼的另外一首送别词《临江仙·送王缄》，试比较这两首词在表达惜别之情方面的异同。

新 竹

[清]郑 燮

新竹高于旧竹枝，全凭老干为扶持。
下年①再有新生者，十丈龙孙绕凤池②。

[知识驿站]

注释

①下年：一作"明年"。
②龙孙：竹笋的别称。凤池：凤凰池，古时指宰相衙门所在地，这里指周围生长竹子的池塘。

译文

新生的竹子能够超过旧有的竹子，完全是凭仗老竹的催生与滋养。
等到第二年再有新竹长出，它也开始孕育新的竹子了，就这样池塘周围布满了郁郁葱葱的幼竹。

（参考资料：胡益民.中外哲理名诗鉴赏辞典[M].北京：昆仑出版社，1999.）

[作品档案]

郑板桥（1693年11月22日—1766年1月22日），原名郑燮，字克柔，号理庵，又号板桥，人称板桥先生，江苏兴化人，祖籍苏州，清代书画家、文学家。一生主要客居扬州，以卖画为生，"扬州八怪"之一。其诗、书、画均旷世独立，世称"三绝"，擅画兰、竹、石、松、菊等植物，其中画竹已五十余年，成就最为突出。著有《板桥全集》。

《新竹》是一首七言绝句。此诗前两句写竹子青出于蓝而胜于蓝，而新生力量的成长又需老一辈的积极扶持，表达了后辈对长辈扶持的感恩；后两句是展望，用以表现新生力量会更强大。全诗表达出长江后浪推前浪的辩证思想，语言简单而又富含哲理。

谈谈你对"新竹高于旧竹枝，全凭老干为扶持"的理解。

伯牙善鼓琴[1]

[先秦]列　子

　　伯牙善鼓琴，钟子期善听。伯牙鼓琴，志[2]在高山。钟子期曰："善[3]哉，峨峨[4]兮若泰山！"志在流水，钟子期曰："善哉，洋洋[5]兮若江河！"伯牙所念，钟子期必得[6]之。伯牙游于泰山之阴，卒[7]逢暴雨，止于岩下。心悲，乃援琴而鼓之。初为霖雨之操[8]，更造崩山之音。曲每奏，钟子期辄穷其趣。伯牙乃舍琴而叹曰："善哉，善哉，子之听夫志，想象犹吾心也。吾于何逃[9]声哉？"

[知识驿站]

注释

① 善：擅长。鼓：弹奏。
② 志：志趣，心意。
③ 善：好，好的。表赞美。
④ 峨峨：高耸的样子。
⑤ 洋洋：宽广的样子。
⑥ 得：体会。
⑦ 卒：同"猝"，突然。
⑧ 操：琴曲。
⑨ 逃：隐藏，躲避。

译文

　　伯牙擅长弹琴，钟子期善于倾听。伯牙弹琴的时候，内心想着高山。钟子期赞叹道："好啊，高耸的样子就像泰山！"伯牙内心想着流水。钟子期又喝彩道："好啊！浩浩荡荡就像长江大河一样！"凡是伯牙弹琴时心中所想的，钟子期都能够从琴声中听出来。有一次，伯牙在泰山北面游玩，突然遇上暴雨，停留在岩石下面；心中悲伤，就取琴弹奏起来。起初他弹了表现连绵大雨的曲子，接着又奏出了表现高山崩坍的壮烈之音。每奏一曲，钟子期总是能悟透其中旨趣。伯牙便放下琴，长叹道："好啊，好啊！你听琴时想到的，和我弹琴时想表达的一样。我到哪去隐匿自己的心声呢？"

(参考资料：吴永萍.《老子》《列子》品读[M].兰州：兰州大学出版社，20118.)

[作品档案]

列子（约前450—前375年），战国前期道家代表人物。名寇，又名御寇（"列子"是后人对他的尊称），郑国圃田（今河南省郑州市）人，古帝王列山氏之后。对后世哲学、美学、文学、科技、养生、乐曲、宗教影响非常深远。著有《列子》，其学说本于黄老，归同于老庄。是介于老子与庄子之间道家学派承前启后的重要传承人物。

人生苦短，知音难求；云烟万里，佳话千载。纯真友谊的基础是理解。中华文化在这方面最形象、最深刻的阐释，莫过于俞伯牙与钟子期的故事了。"伯牙绝弦"是交结朋友的千古楷模，流传至今并给人历久弥新的启迪。正是这个故事，确立了中华民族高尚的人际关系与友情的标准。

我读我思

我们常用"知音难觅"表达很难找到真正理解自己、关心自己、与自己志趣相投的人。在与人交往时，你最看重对方的哪些特性？

师　说（节选）

[唐]韩　愈

古之学者①必有师。师者，所以传道受业解惑也②。人非生而知之者③，孰能无惑？惑而不从师，其为惑也④，终不解矣。生乎吾前⑤，其闻⑥道也固先乎吾，吾从而师之⑦；生乎吾后，其闻道也亦先乎吾，吾从而师之。吾师道也⑧，夫庸知其年之先后生于吾乎⑨？是故⑩无⑪贵无贱，无长无少，道之所存，师之所存也⑫。

[知识驿站]

注释

① 学者：求学的人。

② 师者，所以传道受业解惑也：老师，是用来传授道理、教授儒家经典、解释疑难问题的人。所以，用来……的。道，指儒家之道。受，同"授"，传授。业，指以"六艺经传"为代表的儒家经典。惑，疑难问题。

③ 人非生而知之者：人不是生下来就懂得道理。之，指知识和道理。《论语·季氏》云："生而知之者，上也；学而知之者，次也；困而学之，又其次之；困而不学，民斯为下矣。"知，懂得。

④ 其为惑也：他所存在的疑惑。

⑤ 生乎吾前：即生乎吾前者。乎，相当于"于"，与下文"先乎吾"的"乎"相同。

⑥ 闻：听见，引申为知道，懂得。

⑦ 从而师之：跟从（他），拜他为老师。师，意动用法，以……为师。从师，跟从老师学习。

⑧ 吾师道也：我（是向他）学习道理。师，学习。

⑨ 夫庸知其年之先后生于吾乎：哪里去考虑他的年龄比我大还是小呢？庸，岂、哪。知，了解、知道。之，用在主谓之间，取消句子的独立性。

⑩ 是故：因此，所以。

⑪ 无：无论。

⑫ 道之所存，师之所存也：哪里有道存在，哪里就有我的老师存在。

译文

古代求学的人必定有老师。老师,是用来传授道理、教授儒家经典著作、解释疑难问题的人。人不是一生下来就懂得知识和道理,谁能没有疑惑?有了疑惑,如果不跟老师学习,那些成为困惑的问题,就始终不能解开。出生在我之前的人,他懂得的道理本来就比我早,我跟从他学习,以他为老师;出生在我之后的人,如果他懂得道理也比我早,我也跟从他,拜他为老师。我是向他学习道理的,哪管他是生在我之前还是生在我之后呢?因此,没有高低贵贱,没有年长年幼,道理存在的地方,就是老师所在的地方。

(参考资料:阴法鲁.古文观止译注[M].北京:北京大学出版社,2011.)

[作品档案]

韩愈(768—824年),字退之,河南河阳(今河南孟州)人,自称"郡望昌黎(今辽宁义县)",世称"韩昌黎""昌黎先生",唐代文学家、思想家、哲学家、政治家、教育家。韩愈作为唐代古文运动的倡导者,名列"唐宋八大家"之首,有"文章巨公"和"百代文宗"之名。与柳宗元并称"韩柳",与柳宗元、欧阳修和苏轼并称"千古文章四大家"。

《师说》是韩愈文学创作的代表作品之一,文章完成于贞元十八年(802年)韩愈任职国子监期间,是写给门生李蟠的。这一年,韩愈三十五岁,任国子监四门博士,这是一个"从七品"的学官,职位不高,但是他在文坛上早已有了名望,他所倡导的"古文运动"也已经开展,他是这个运动公认的领袖。这篇文章是针对门第观念影响下"耻学于师"的坏风气写的。

孔子曰:"三人行,必有我师焉。"谈谈你对这句话的理解。

师友箴（并序）

[唐]柳宗元

今之世，为人师者众笑之，举世不师，故道①益离；为人友者，不以道而以利，举世无友，故道益弃。呜呼！生②于是病矣，歌以为箴③。既以敬己，又以诫人。

不师如之何？吾何以成！不友如之何？吾何以增！吾欲从师，可从者谁？借有可从，举世笑之。吾欲取友，可取者谁？借有可取，中道或舍。仲尼④不生，牙⑤也久死，二人可作，惧吾不似。

中焉可师，耻焉可友，谨是二物，用惕尔后。道苟在焉，佣丐为偶⑥；道之反是，公侯以走。内考诸古⑦，外考诸物⑧，师乎友乎，敬尔毋⑨忽。

[知识驿站]

注释

①道：文中的"道""中道""中"，均指柳宗元理想中的政治标准、思想原则和道德规范。
②生：后生，即学生。作者自谦之词。
③箴：一种规劝、告诫的文体。
④仲尼：孔子，名丘，字仲尼。
⑤牙：鲍叔牙，春秋齐国大夫。鲍叔牙与管仲是好朋友，鲍叔牙辅助的公子小白（后来的齐桓公）取得了齐国的统治地位，杀了管仲辅助的公子纠，并囚禁了管仲；鲍叔牙在齐桓公面前推荐管仲为相。古人把"管鲍之交"作为朋友的典范。
⑥佣：佣人。丐：乞丐。偶：指师友。
⑦古：历史。
⑧物：事物。指社会现实。
⑨毋：不要。

译文

当今社会上，做老师的被大家讥笑。整个社会都不求师，因此离"道"也越来越远了；做朋友的，不是以"道"相交，而是以利相交，整个社会上就没有真正的朋友，因此造成了正道日益被抛弃的后果。唉！我对于这种状况感到很痛心啊，于是写下这首歌作为箴文。既用来警诫自己，又用来规劝别人。

不求师怎么行呢？我靠什么成就自己！不交朋友怎么行呢？我靠什么提高自己！我想师从老师，谁值得我师从呢？假使找到了值得我师从的老师，又会被整个社会上的人讥笑。我想交朋友，应交什么样的人呢？假使有朋友可交，在对待"道"上又可能因观点不同而分手。现世已找不出孔子那样的老师，像鲍叔牙那样的朋友也早已死去。即使二人在世，恐怕我的"道"和他们的也不一样吧。

言行合乎中道的可以作为老师，知道以利为耻辱的可以结为朋友，谨以这两个标准，用来提醒你以后求师交友。如果能坚持中道的，即使是佣人、乞丐也可以作为老师和朋友；假如背弃了中道，就是公侯卿相，也要离开他们。内要考察于历史，外要考察于社会现实，对于从师交友，要警戒不要疏忽。

（参考资料：金锋. 唐宋八大家文集（上）[M]. 北京：九州出版社，2004.）

[作品档案]

柳宗元（773—819年），字子厚，河东（现在山西芮城、运城一带）人，唐代文学家、哲学家、散文家和思想家，唐宋八大家之一，世称"柳河东""河东先生"，因官终柳州刺史，又称"柳柳州"。柳宗元与韩愈并称为"韩柳"，与刘禹锡并称"刘柳"，与王维、孟浩然、韦应物并称"王孟韦柳"。柳宗元一生留诗文作品六百余篇，其文的成就大于诗。其散文论说性强，笔锋犀利，讽刺辛辣。游记写景状物，多所寄托。作品收于《河东先生集》。

《师友箴并序》是柳宗元论述为师为友问题的一篇短文章。箴，劝诫的意思，也是古代属于规劝、告诫性质的一种文体。

这篇文章所论，本非什么大题目，但短短二百多字，以刀劈斧削之行文、气势凌厉之笔锋，阐明观点，直抒己见，其立论之坚实，几不容人撼其半分。读此文，则觉呵成一气，至尾意犹难平，叹其收束何以匆匆！然掩卷思之，直觉其言其文若增添一字，便成蛇足。全文惜墨如金，能于寥寥之笔中有理有据、言简意赅地点透问题实质，将柳子沉郁之心和盘托出，殊属不易。

我读我思

古人云"君子之交淡如水"，你是如何看待交往中"义""利"关系的？

我的老师

魏 巍

最使我难忘的，是我的女教师蔡芸芝老师。

现在回想起来，她那时有十八九岁。右嘴角边有榆钱大小一块黑痣。在我的记忆里，她是一个温柔和美丽的人。

她从来不打骂我们。仅仅有一次，她的教鞭好像要落下来，我用石板一迎，教鞭轻轻地敲在石板边上，大伙笑了，她也笑了。我用儿童的狡猾的眼光察觉，她爱我们，并没有存心要打的意思。孩子们是多么善于观察这一点呵。

在课外的时候，她教我们跳舞，我现在还记得她把我扮成女孩子表演跳舞的情景。

在假日里，她把我们带到她的家里和女朋友的家里。在她的女朋友的园子里，她还让我们观察蜜蜂，也是在那时候，我认识了蜂王，并且平生第一次吃了蜂蜜。

她爱诗。并且爱用歌唱的音调教我们读诗。直到现在我还记得她读诗的音调，还能背诵她教我们的诗：

圆天盖着大海，黑水托着孤舟，远看不见山，那天边只有云头，也看不见树，那水上只有海鸥……

今天想来，她对我的接近文学和爱好文学，是有着多么有益的影响！

像这样的教师，我们怎么会不喜欢她并且愿意和她亲近呢？我们见了蔡老师不会像老鼠见了猫似的赶快溜掉，而见了她不由地就围上去。即使她写字的时候，我们也默默地看着她，连她握铅笔的姿势都急于模仿。

有一件小事，我不知道还值不值得提它，但回想起来，在那时却占据过我的心灵。我父亲那时候在军阀部队里，好几年没有回来，我跟母亲非常牵挂他，不知道他的死活。我的母亲常常站在一张褪了色的神像面前焚起香来，把两个有象征记号的字条卷着埋在香炉里，然后磕了头，抽出一个来卜问吉凶。我虽不像母亲那样，也略略懂了些事。可是在孩子群中，我的那些小"反对派"们，常常在我的耳边猛喊："哎哟哟，你爹回不来了哟，他吃了炮子儿罗！"那时的我，真好像父亲死了似的那么悲伤。这时候，蔡老师援助了我，批评了我的"反对派"们，还写了一封信劝慰我，说我是"心清如水的学生"。一个老师排除孩子世界里的一件小小的纠纷，是多么平常，可是回想起来，那时候我却觉得是给了我莫大的支持！在一个孩子的眼睛里，他的老师是多么慈爱，多么公平，多么伟大的人呵。

每逢放假的时候，我们就更不愿离开她。我还记得，放假前我默默地站在她的身边，看她收拾这样那样东西的情景。蔡老师！我不知道你当时是不是察觉，一个孩子站在那里，对你是多么的依恋！……至于暑假，对于一个喜欢他的老师的孩子来说，又是多么漫长！记得在一个夏季的夜里，席子铺在当屋，旁边燃着蚊香，我睡熟了。不知道睡了多久，也不知道是夜里的什么时辰，我忽然爬起来，迷迷糊糊地往外就走。母亲喊住我：

"你要去干什么？"

"找蔡老师……"我模模糊糊地回答。

"不是放暑假了么？"

哦，我才醒了。看看那块席子，我已经走出六七尺远。母亲把我拉回来，劝说了一会，我才睡熟了。我是多么想念我的蔡老师呵！到如今回想起来，我还觉得这是我记忆中的珍宝之一。一个孩子的纯真的心，就是那些在热恋中的人们也难比呵！……什么时候，我再见一见我的蔡老师呢？

可惜我没有上完初小，就和我们的蔡老师分别了。我转到城西的县立五小去上完最后一个学期。

虽然这时候我同样具有鲜明而坚定的"立场"，就是说，谁要说"五小"一个"不"字，那就要怒目而过，或者拳脚相见。可是实际上我却失去了以前的很多欢乐。例如学校要做一律的制服，家里又做不起，这多么使一个孩子伤心呵！例如，画画儿的时候，自己偏偏没有色笔，脸上是多么无光啊！这些也都不必再讲，这里我还想讲讲我的另一位老师。这位老师姓宋，是一个严厉的人。在上体育课的时候，如果有一个人走不整齐，那就要像旧军队的士兵一样遭到严厉的斥责。尽管如此，我的小心眼儿里仍然很佩服他，因为我们确实比其他学校走得整齐，这使我和许多"敌人"进行舌战的时候，有着显而易见的理由。引起我忧虑的，只是下面一件事。这就是上算术课。在平民小学里，我的"国语"（现在叫"语文"）比较好，因而跳过一次班，算术也就这样跟不上了。来到这里，"国语"仍然没问题，不管作文题是"春日郊游"或者是"早婚之害"，我都能争一个"清通"或者"尚佳"。只是宋老师的算术课，一响起铃声，就带来一阵隐隐的恐惧。上课往往先发算术本子。每喊一个名字，下面有人应一声"到！——"，然后到前面把本子领回来。可是一喊到我，我刚刚从座位上立起，那个算术本就像瓦片一样向我脸上飞来，有时就落到别人的椅子底下，我连忙爬着去拾。也许宋老师以为一个孩子不懂得什么叫做羞惭！

从这时起，我就开始抄别人的算术。也是从这时起，我认为算术这是一门最没有味道的也是最难的学科，像我这样的智力是不能学到的。一直到高小和后来的师范，我都以这一门功课为最糟。我没有勇气也从来没有敢设想我可以弄通什么"鸡兔同笼"！

并且叙述着他们的时候，我并不是想一一地去评价他们。这并不是这篇文章的意思。如果说这篇文章还有一点意思的话，我想也就是在回忆起他们的时候，加深了我对于教师这种职业的理解。这种职业，据我想——并不仅仅依靠丰富的学识，也不仅仅是依靠这种或那种的教学法，这只不过是一方面。也许更重要的，是他有没有一颗热爱儿童的心！假若没有这样的心，那么口头上的热爱祖国罗，对党负责罗，社会主义建设罗，也就成了空的。那些改进方法罗，编制教案罗，如此等等也就成为形式！也许正因为这样，教师——这才被称作高尚的职业吧。我不知道我悟出的这点道理，对我的教师朋友们有没有一点益处。

[作品档案]

魏巍（1920年3月6日—2008年8月24日），现代著名作家、散文家、诗人、小说家，原名魏鸿杰，曾用笔名红杨树，河南郑州人。他在极其困难的条件下，读完了平民小学、高小，并上了简易师范。抗日战争、解放战争时期，在战斗部队任职，在与一线官兵的朝夕相处中结下了战友情。《谁是最可爱的人》是魏巍1951年2月从朝鲜战场前线采访回国后一气呵成写就的。1951年4月11日，《谁是最可爱的人》在《人民日报》发表，立刻掀起了一股热潮，受到读者广泛欢迎。

1956年9月底，应《教师报》之约，魏巍写了这篇《我的老师》。这是一篇回忆性散文。作者回忆了儿童时代在老师身边的七件小事，抒发了对老师的热爱、感激之情，表现了蔡老师温柔、热爱学生、热爱教育事业的美好品德。

《我的老师》共记叙了七件事，前五件事写得概括，后两件事写得具体。前面写蔡老师的五件事，从面上概括体现老师爱学生，学生爱老师的中心，这五件事是依据作者感情步步加深的顺序排列的，感情的分量一件比一件重，对"我"的影响一件比一件深，由表及里，层层递进，逐渐把文章推向高潮。后面写孩子爱老师的两件事，披露了孩子内心里对老师的深情，也烘托和反衬了蔡老师对学生的爱。第六件事详写，对孩子来说，不知父亲死活，又遭同学奚落，这是难以承受的打击。老师的支持、鼓励，使"我"感受到温暖，对老师的感情也上升到新的高度："在一个孩子的眼睛里，他的老师是多么慈爱，多么公平，多么伟大的人呵。"而详写第七件事"梦中寻师"，更可以看出孩子对老师的依恋，在一种迷迷糊糊的状态下，下意识就要去找老师。使孩子对老师的爱达到更高的境界。这七件小事，从课内写到课外，从校内写到校外，从平时写到假期，从学习写到生活，师生感情步步加深，所选事例丰富多彩，而内容绝无雷同之感。而在儿童时代，那些零碎的、具体的、直观的材料往往会让儿童们终生难忘。本文就选取了这样的符合儿童记忆特点的材料构文，材料选择很是典型。

  从小学到现在,大家遇到了很多老师。在你的记忆中,哪位老师给你留下的印象最深刻?你们之间有哪些难忘的往事?请与大家分享。

朗读训练

散文的朗读

朗读者遇到最多的一种朗读作品恐怕就是散文了。散文中所写的人生、自然、事件、景物等，都是从自身感悟出发，是作者对事物特殊意义和美的发现。这种发现，是知觉、感觉、思维的综合思考的结果，体现着作者的所思、所想、所感、所悟。

与其他文体相比，散文的写作方法更自由，绝少束缚，不拘一格。散文最显著的特征是抒情，即使是记叙，也带有强烈的感情色彩；它还常把抒情、议论等融为一体，夹叙夹议。散文在抒情时，或气势磅礴，或低吟浅唱；散文在记叙时，如诗如画，妙不可言；散文在议论时，直抒胸臆，酣畅淋漓。

散文最大的特点就是"形散神聚"，我们常把散文的取材叫作"形"，把作者的情感称为"神"。朗读时，要紧紧抓住情感这个"神"，处理好情、声、气的关系。

在散文的朗读中，情是统帅、主导，是内在的；声音、气息是被统帅、被引导的，是外在的。朗读时要做到"形神兼备"，这"神"就是情，这"形"就是声音、气息。朗读中，"情"只有通过声音和气息才能表达，同时声音和气息对于思想感情的表达也绝不是消极的、机械的，而是积极的、灵动的。朗读散文时，务必要做到气托声、声传情。

散文除了有抒情性散文，还有记叙性散文、议论性散文，那么它们的朗读又有哪些要求与特点呢？

记叙性散文的朗读，首先要抓住作品的发展线索。线索不明，层次不清，记叙的主体犹如乌云遮月，朗读就会像一盘散沙。其次要看作品的立意。立意不明，难以让人理解，基调就容易模糊，全篇的色彩、分量便会飘忽、杂乱。

记叙性散文的线索有时通过记叙的人、事、景、物来展现，有时根据作者思想感情的贯穿作用而转移。它是作者的思路、作品的文气，以及朗读者的逻辑感受在记叙文中的聚结。朗读者通过对记叙性散文的线索进行剖析和把握，不仅有利于突出记叙文的特点，也有利于当好听者的向导。

记叙性散文的立意多不直陈，而是通过记人叙事向读者展现深思遐想的天地。那些朗读大家们不会自始至终地把立意强加给听者，而是沿着作品的发展线索因势利导，使听者在润物细无声中敞开心扉。朗读者不要只在抒情、明理的直露语句上下功夫，而应该透过人、事、景、物的具体变化，使作品的立意生发开去、深沉起来。那种忽视立意的具体性，只专注于某些"点题句"的朗读，往往显得浅薄。朗读者感受得越具体，就越有助于朗读时立意的开拓、丰富和深沉。

沿着作品发展的线索，显示作者的深沉立意，要靠丰富纯熟的朗读技巧来细腻地表达和得体地点染。表达细腻和点染得体应该是记叙性散文朗读的重要特征。由于记叙文中大量的篇幅是叙述，朗读时要注意把语句化开。根据发展线索、主次关系，细腻地表达，舒展地朗读。这里需要特别指出的是，舒展地朗读极其重要，如果朗读时不够舒展，就会出现紧紧巴巴的语流，导致朗读的效果仓促而平淡。另外，尤其要防止吃字、滚字、吐噜字的现象。

记叙性散文往往有大量的描写性语句。在朗读描写性语句时，不宜夸张，必须把握生活图景的真实再现，将其实实在在地呈现在听者面前，切忌故作多情，自我陶醉。

记叙性散文中常常会出现人物。与戏剧、小说不同的是，散文中的人物都要写意化。人物的写意化，就是以人物的精神境界、思想深度为重点，重在写"心"，不需要着意模拟人物的音容笑貌、方言土语。

记叙性散文的立意是自然显露的，听者在因势利导中受到感染。因此朗读时，不需高音大嗓，而要沉稳、冷静，甚至还应有一些轻柔。因为，沉稳、冷静、轻柔的声音才容易入耳、入心，才有利于细腻表达、得体点染。

议论文的朗读

议论文的论点是文章的精华，是题旨的所在；而论据是论点的支柱，是论证的依据。在议论文的朗读中，论点应如箭，论据应如弓。不论是立论还是驳论，一定要旗帜鲜明，切忌隐晦曲折。

论点之间，以及论点与论据之间，那严谨的逻辑关系，朗读者务必清晰明了，形成语言链条，以解决"为什么这样说"和"怎样才能这样说"的问题。在议论文提出问题、分析问题、解决问题的过程中，要特别加强逻辑感受，这样才能具体把握语言链条，形成朗读文章时的逻辑力量。要胸有成竹、有条不紊地理解和感受"起、承、转、合"的脉络，紧紧地抓住逻辑感受，方能朗读出一定的论说色彩。

在议论文的朗读中，态度必须鲜明，感情却要相对含蓄，这是议论文以理服人的特点所决定的。

态度鲜明，要求朗读时的语气不可犹豫不决，而要果断、肯定。但不可以势压人，强迫听者接受，更不可妄自尊大、令人生畏。《文心雕龙》曾写道："文之任势，势有刚柔，不必壮言慷慨。"议论文的朗读语气，必须化入内心感受，纳入逻辑链条，形之于声，高屋建瓴。

议论文的重音是议论文朗读的点睛之处。朗读时，重音要扎实、确切，在稳健的语流中呈现。重音最常见的表达方法是加重并延长音节。当然，重度和长度要看语气的色彩和分量，不应雷同。有时，为了表示语气的深沉，还会同时并用低、重、长的方法来表达重音。

议论文中会经常引用别人的话，或经典警语，或名言名句，这些可统称为引语。对此，朗读时应该给予突出，分量要与上下文有所区别，引语前后要稍有停顿。

在议论文中，感情的表达也很重要。议论文中的感情总是寓于理中，并不直抒胸臆，完全不像抒情性散文那样色彩纷呈。议论文中感情的运动要控制在心里，在适当处流露于态度的分寸中，看似平静客观，实则情理交融。

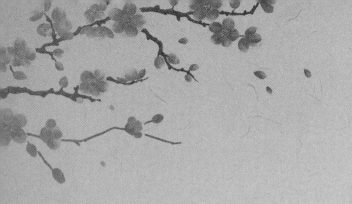

笃学初心——智达才韵篇

导读

同学们，你们是否曾有过这样的疑惑：成功的秘诀是什么？

著名生物学家达尔文曾说过："成功的秘诀是勤奋，而勤奋的关键在于珍惜时间。"

"天道酬勤。"勤奋是种态度，它代表着对生活的热爱，对事业的执着，对梦想的追求。当你选择了勤奋，你就选择了成长，选择了进步，选择了成功。勤奋是一种习惯，它需要我们持之以恒，坚持不懈。

成功的路上，除了勤奋，还需要一样重要的东西——时间。时间是公平的，它对每个人都是相同的，然而，如何对待时间，如何珍惜时间，却因人而异。珍惜时间意味着要有计划性，有目标性地去利用每一分每一秒。不要让时间白白流逝，而应该让它成为我们实现梦想的助力。

当我们将勤奋与珍惜时间结合起来，我们就找到了成功的秘诀。我们需要在有限的时间里，高效地利用每一分每一秒去追求我们的梦想。勤奋是一种积极的态度，而珍惜时间则是一种聪明的策略。当这两者结合在一起时，我们便能在追求梦想的路上披荆斩棘，无往不利。

长歌行①

汉乐府

青青园中葵②，朝露待日晞③。
阳春布德泽④，万物生光辉。
常恐秋节⑤至，焜黄华叶衰⑥。
百川⑦东到海，何时复西归？
少壮⑧不努力，老大徒⑨伤悲！

[知识驿站]

注释

① 长歌行：汉乐府曲题。这首诗选自《乐府诗集》卷三十。

② 葵："葵"作为蔬菜名，是中国古代重要蔬菜之一。《诗经·豳风·七月》："七月亨葵及菽。"李时珍《本草纲目》记载："葵菜古人种为常食，今之种者颇鲜。有紫茎、白茎二种，以白茎为胜。大叶小花，花紫黄色，其最小者名鸭脚葵。其实大如指顶，皮薄而扁，实内子轻虚如榆荚仁。"此诗"青青园中葵"即指此。

③ 朝露：清晨的露水。晞：天亮，引申为阳光照耀。

④ 阳春布德泽：阳春是露水和阳光都充足的时候，露水和阳光都是植物所需要的，都是大自然的恩惠，即所谓的"德泽"。布，布施，给予。德泽，恩惠。

⑤ 秋节：秋季。

⑥ 焜黄：形容草木凋落枯黄的样子。华（huā）：同"花"。衰：一说读"cuī"，因为古时候没有"shuāi"；一说读"shuāi"，根据语文出版社出版的《古代汉语》，除了普通话的规范发音之外，任何其他朗读法都是不可取的。

⑦ 百川：江河湖泽的总称。

⑧ 少壮：年轻力壮，指青少年时代。

⑨ 老大：指年老了，老年。徒：白白地。

译文

园中的葵菜都郁郁葱葱，晶莹的朝露等待阳光照耀。
春天给大地普施阳光雨露，万物生机盎然欣欣向荣。

常恐那肃杀的秋天来到，树叶儿黄落百草也凋零。

百川奔腾着向东流入大海，何时才能重新返回西境？

年轻力壮的时候不奋发图强，到老来悲伤也没用了。

（参考资料：余冠英.乐府诗选[M].2版.北京：人民文学出版社，1954.）

[作品档案]

《长歌行》是汉乐府中劝诫世人惜时奋进的诗篇，主要是说时节变换得很快，光阴一去不返，因而劝人要珍惜青年时代，发奋努力，使自己有所作为。

全诗以景寄情，由情入理，将"少壮不努力，老大徒伤悲"的人生哲理，寄寓于朝露易干、秋来叶落、百川东去等鲜明的形象中，借助朝露易晞、花叶秋落、流水东去不归来等事物，发出了时光易逝、生命短暂的浩叹，鼓励人们要热爱生命，趁少壮年华有所作为。此诗主旨体现在结尾两句，但诗人的思想又不是简单地表述出来，而是从现实世界中撷取出富有美感的具体形象，寓教于审美之中。

长歌行是指"长声歌咏"为曲调的自由式歌行体。乐府是自秦代以来设立的朝廷音乐机关。它除了将文人歌功颂德的诗配乐演唱外，还担负采集民歌的任务。汉武帝时得到大规模的扩建，从民间搜集了大量的诗歌作品，内容丰富，题材广泛。

我读我思

你还知道哪些劝人珍惜时光、发奋努力的诗句？请分享给大家。

奉赠韦左丞丈二十二韵（节选）

[唐] 杜 甫

纨绔不饿死①，儒冠多误身②。
丈人③试静听，贱子请具陈④。
甫昔少年日，早充观国宾。
读书破万卷⑤，下笔如有神⑥。
赋料扬雄敌⑦，诗看子建亲⑧。
李邕⑨求识面，王翰⑩愿卜邻。
自谓颇挺出⑪，立登要路津⑫。
致君尧舜⑬上，再使风俗淳。
此意竟萧条，行歌非隐沦。
骑驴十三载⑭，旅食京华⑮春。
朝扣富儿门，暮随肥马尘。
残杯与冷炙，到处潜悲辛。
主上顷见征⑯，欻然欲求伸⑰。
青冥却垂翅⑱，蹭蹬无纵鳞⑲。
甚愧丈人厚，甚知丈人真。
每于百僚上，猥诵佳句新。
窃效贡公⑳喜，难甘原宪㉑贫。
焉能心怏怏㉒，只是走踆踆㉓。
今欲东入海㉔，即将西去秦㉕。
尚怜终南山，回首清渭滨。
常拟报一饭㉖，况怀辞大臣㉗。
白鸥没浩荡㉘，万里谁能驯㉙？

[知识驿站]

注释

① 纨绔：指富贵子弟。不饿死：不学无术却无饥饿之忧。
② 儒冠多误身：满腹经纶的儒生却穷困潦倒。这句是全诗的纲要。《潜溪诗眼》云："此一篇立意也。"
③ 丈人：对长辈的尊称。这里指韦济。
④ 贱子：年少位卑者自谓。这里是杜甫自称。请：意谓请允许我。具陈：细说。
⑤ 破万卷：形容书读得多。
⑥ 如有神：形容才思敏捷，写作如有神助。
⑦ 料：差不多。扬雄：字子云，西汉辞赋家。敌：匹敌。
⑧ 看：比拟。子建：曹植的字，曹操之子，建安时期著名文学家。亲：接近。
⑨ 李邕（yōng）：唐代文豪、书法家，曾任北海郡太守。杜甫少年在洛阳时，李邕奇其才，曾主动去结识他。
⑩ 王翰：当时著名诗人，《凉州词》的作者。
⑪ 挺出：杰出。
⑫ 立登要路津：很快就要得到重要的职位。
⑬ 尧舜：传说中上古的圣君。
⑭ 骑驴：与乘马的达官贵人对比。十三载：从735年（开元二十三年）杜甫参加进士考试，到747年（天宝六年），恰好十三载。
⑮ 旅食：寄食。京华：京师，指长安。
⑯ 主上：指唐玄宗。顷：不久前。见征：被征召。
⑰ 欻（xū）然：忽然。欲求伸：希望表现自己的才能，实现致君尧舜的志愿。
⑱ 青冥却垂翅：飞鸟折翅从天空坠落。
⑲ 蹭蹬（cèng dèng）：行进困难的样子。无纵鳞：本指鱼不能纵身远游。
⑳ 贡公：西汉人贡禹。他与王吉为友，闻吉显贵，高兴得弹冠相庆，因为知道自己也将出头。杜甫说自己也曾自比贡禹，并期待韦济能荐拔自己。
㉑ 难甘：难以甘心忍受。原宪：孔子的学生，以贫穷出名。
㉒ 怏怏：气愤不平。
㉓ 逡（cūn）逡：且进且退的样子。
㉔ 东入海：指避世隐居。孔子曾言："道不行，乘桴浮于海。"（《论语》）
㉕ 去秦：离开长安。
㉖ 报一饭：报答一饭之恩。

㉗辞大臣：指辞别韦济。这两句说明赠诗之故。
㉘白鸥：诗人自比。没浩荡：投身于浩荡的烟波之间。
㉙谁能驯：谁还能拘束我呢？

译文

富家的子弟不会饿死，清寒的读书人大多贻误自身。
韦大人你可以静静地细听，我把自己的往事向你直陈。
我在少年时候，早就充当参观王都的来宾。
先后读熟万卷书籍，写起文章，下笔敏捷好像有神。
我的辞赋能与扬雄匹敌，我的诗篇可跟曹植相近。
李邕寻求机会要和我见面，王翰愿意与我结为近邻。
自以为是一个超异突出的人，一定很快地身居要位。
辅助君王使他像尧舜一样治理天下，要使社会风尚变得敦厚朴淳。
平生的抱负全部落空，忧愁歌吟，绝不是想优游退隐。
骑驴行走了十三年，寄食长安度过不少的新春。
早上敲过豪富的门，晚上追随肥马沾满灰尘。
吃过别人的残汤剩饭，处处使人暗中感到艰辛。
不久前被皇帝征召，忽然感到大志可得到展伸。
但自己最终像飞鸟折翅从天空坠落，又像鲤鱼不能跃过龙门。
我很惭愧，您对我情意宽厚，我深知您待我一片情真。
把我的诗篇举荐给百官们，朗诵着佳句，夸奖格调清新。
我想效法贡禹让做了大官的朋友提拔自己，实在难以忍受像原宪一样的清贫。
我怎能这样使内心烦闷忧愤，老是且进且退地厮混。
我要向东奔入大海，即将离开古老的西秦。
我留恋巍峨的终南山，难舍清澈的渭水之滨。
我常常想学古人受别人一顿饭的好处都要报答，何况要辞别给予我很多恩惠的大臣。
我要像白鸥出现在浩荡的烟波间，飞翔万里有谁能把我纵擒？

（参考资料：倪其心，吴鸥. 杜甫诗选译 [M]. 成都：巴蜀书社，1990.）

[作品档案]

《奉赠韦左丞丈二十二韵》是一首五言古诗。此诗描写了诗人仕途失意、生活困顿的窘状，表现出其过人的才学，以及平生志向和抱负，并且抨击了当时黑暗的社会和政治现实。全诗直抒胸臆，慷慨陈词，主要运用对比和顿挫曲折的表现手法，将诗人胸中郁结的情思抒写得如泣如诉，真切动人，是杜甫自叙生平的一首重要诗作。

此诗通篇直抒胸臆，语句颇多排比，语意纵横转折，感愤悲壮之气溢于字里行间。全诗不仅成功地运用了对比和顿挫曲折的笔法，而且语言质朴中见锤炼，含蕴深广。如"残杯与冷炙，到处潜悲辛"，道尽了世态炎凉和诗人精神上的创伤。一个"潜"字，表现悲辛的无所不在，可谓悲沁骨髓，比用一个寻常的"是"或"有"字，就精细生动得太多。句式上的特点是骈散结合，以散为主，因此既有整齐对称之美，又有纵横飞动之妙。所以这一切，都足证诗人功力的深厚，也预示着诗人更趋成熟的长篇巨制，随着时代的剧变和生活的充实，必将辉耀于中古的诗坛。

我读我思

"读书破万卷，下笔如有神。"请分享自己对于阅读的理解。

劝学诗

[宋] 赵 恒

富家不用买良田，书中自有千钟粟①。
安居②不用架高堂，书中自有黄金屋。
出门莫恨无人随，书中车马多如簇。
娶妻莫恨无良媒，书中自有颜如玉。
男儿欲遂平生志，五经勤向窗前读。

[知识驿站]

注释

① 千钟粟：极言粮多。
② 安居：安定地生活。

译文

想要让家庭富裕不需要买肥沃的土地，读书就可以获得许多粮食。
想要生活安定，不需要建造高大堂皇的房子，书中就有黄金打造的房子。
出门不要怕没有人跟随，读书做了官就能享受车马的簇拥。
娶妻不要害怕没人说媒，考取功名后自然能拥有美人。
男人如果想实现平生志向，就赶紧勤奋地在窗前读书吧。

(参考资料：陈汉才.中国古代教育诗选[M].济南：山东教育出版社，1985.)

[作品档案]

赵恒（968—1022年），即宋真宗，宋朝第三位皇帝。至道元年（995年），被立为太子，改名恒。至道三年（997年），即位。乾兴元年（1022年），驾崩，在位25年。赵恒好文学，善书法。著名谚语"书中自有黄金屋，书中自有颜如玉"即出自他，其目的在于鼓励读书人读书科举，参政治国，使得宋朝能够广招贤士，治理好天下。

《劝学诗》是一首七言古诗。此诗表示读书考取功名是当时人生的一条绝佳出路，考取功名后，才能得到财富和美人。它以其精简的语言和清晰的逻辑，向人们传达了一个深远而富有启示性的道理：读书是人类精神的食粮，也是通往成功和满足的桥梁。它鼓励我们珍视知识，追求智慧，用读书来丰富精神世界，实现人生价值。

谈谈你对读书的理解。

观书有感二首·其一

[宋] 朱 熹

半亩方塘一鉴开①，天光云影共徘徊②。
问渠那得清如许③？为有源头活水④来。

[知识驿站]

注释

① 方塘：又称半亩塘，在福建尤溪城南郑义斋馆舍（后为南溪书院）内。鉴：一说为古代用来盛水或冰的青铜大盆，一说指镜子。指像鉴（镜子）一样可以照人。

② 天光云影共徘徊：是说天的光和云的影子反映在塘水之中，不停地变动，犹如人在徘徊。徘徊，来回移动。

③ 渠：它，第三人称代词，这里指方塘之水。那得：怎么会。清如许：这样清澈。

④ 为：因为。源头活水：比喻知识是不断更新和发展的，从而不断积累。人只有在不断地学习、运用和探索中，才能使自己永保先进和活力，就像水源头一样。

译文

半亩大的方形池塘像一面镜子一样打开，天光、云影在水面上闪耀浮动。

要问池塘里的水为何这样清澈呢？是因为有永不枯竭的源头源源不断地为它输送活水。

（参考资料：黄坤.朱熹诗文选译[M].成都：巴蜀书社，1990.）

[作品档案]

朱熹（1130—1200年），字元晦，一字仲晦，号晦庵，晚称晦翁，又称紫阳先生、考亭先生、沧州病叟、云谷老人、逆翁。谥文，又称朱文公。祖籍南宋江南东路徽州府婺源县（今江西省婺源县），出生于南剑州尤溪（今属福建省三明市）。南宋著名的理学家、思想家、哲学家、教育家、诗人，闽学派的代表人物，世称朱子，是孔子、孟子以来最杰出的弘扬儒学的大师。

这首诗是《观书有感二首》中的第一首。这首诗借景喻理，以方塘做比喻，形象地表达了一种微妙难言的读书感受。池塘并不是一泓死水，因常有活水注入才能像明镜一样清澈见底，映照着天光云影。诗人以这种自然景象比喻只有不断接受新事物，才能保持思想的活跃与进步的道理。全诗寓哲理于生动形象的比喻之中，既写得清新自然，又略带禅机，不堕理障而富于理趣，寓意深刻，内涵丰富，一直为人传诵。

作为未来的技能人才，创新对于我们十分重要。请分享自己对创新的理解。

四时读书乐

[宋] 翁 森

其 一

山光照槛①水绕廊，舞雩②归咏春风香。
好鸟枝头亦朋友，落花水面皆文章。
蹉跎莫遣韶光③老，人生唯有读书好。
读书之乐乐何如？绿满窗前草不除。

[知识驿站]

注释

① 山光：山的景色。槛：栏杆。
② 舞雩（yú）：古代求雨时举行的伴有乐舞的祭祀。
③ 韶光：指美好的时光。

译文

栏杆外就是山中景色，流水淙淙绕着长廊而过，求雨仪式结束后归来的人们，沐浴着春风送来花香，一边走一边吟唱着诗歌。

停在枝头的鸟儿，是伴我读书的朋友；漂在水上的落花，可以启发我作出美妙文章。

不要让青春年华在消遣中白白地流逝，人生只有读书是最美好的事情。

读书的乐趣是怎样的？好比绿草长到窗前而不剪除，放眼望去，一派欣欣向荣的景象。

其 二

新竹压檐桑四围，小斋幽敞明朱曦①。
昼长吟罢蝉鸣树，夜深烬落萤入帏。
北窗高卧羲皇侣，只因素稔②读书趣。
读书之乐③乐无穷，瑶琴一曲来薰风④。

[知识驿站]

注释

① 曦：太阳光。

② 素：表示历来如此，相当于"向来"。稔（rěn）：熟悉。

③ 乐：乐趣。

④ 薰风：和暖的风。指初夏时的东南风。

译文

新长出来的竹子垂压着屋檐，屋子四周种满桑树。清晨的阳光照进书斋中，安静又敞亮。

白天变长了，读完书以后，听听蝉儿在树上的鸣叫；深夜读书时，灯花一节节落下，还有萤火虫飞入帷帐。

只因为向来深知读书的乐趣，我在北面的窗户下闲适地躺着，就像远古时候羲皇时代的人一样逍遥自在。

读书的乐趣是无穷的，好比沐浴着煦暖的南风，用瑶琴来弹奏一曲。

其 三

昨夜前庭叶有声，篱豆花开蟋蟀鸣。
不觉商意满林薄①，萧然万籁②涵虚清。
近床赖有短檠③在，对此读书功更倍。
读书之乐乐陶陶，起弄明月霜天高。

[知识驿站]

注释

① 商意：秋意。林薄：草木生长茂密之处。

② 万籁：自然界万物发出的响声。

③ 短檠（qíng）：矮灯架。借指小灯。

译文

昨天夜里听到了庭前树叶落下的声音，篱笆上的紫豆花开了，蟋蟀在鸣叫。

不知不觉间草木生长茂密处已满是秋意，大自然的各种声音都含着冷清的意味，一片萧瑟的景象。

床旁多亏有一盏小灯，就着它读书的效果加倍地好。

读书的乐趣很令人愉悦，好比在高远的秋夜里，起身来赏玩明月。

其 四

木落水尽千崖枯，迥然①吾亦见真吾。
坐对韦编②灯动壁，高歌夜半雪压庐。
地炉茶鼎烹活火，一清足称读书者。
读书之乐何处寻，数点梅花天地心。

[知识驿站]

注释

① 迥然：形容差别很大。
② 韦编：这里指书籍。

译文

树木凋零，江河干涸，群山一片萧瑟；在这辽阔的天地间，我正可以看清"真我"的本质。

我坐在那儿，展开书卷而读，灯光摇曳，映射在墙上，墙壁好像也跟着在晃动；半夜时分高声朗诵着书籍，房顶全被积雪覆盖了。

地上的火炉里，炭在燃烧，锅里正在煮着茶，我就在四壁放满了图书的空间里读书。

读书之乐到哪里去寻找？就在这寒天雪地，且看那几朵盛开的梅花，从中我们可以体会天地孕育万物之心。

（参考资料：黄镇伟. 中国圣贤论读书明志 [M]. 昆明：云南人民出版社，1997.）

[作品档案]

翁森，生卒年不详，字秀卿，号一瓢，台州仙居人，南宋诗人，有《一瓢集》传世。南宋灭亡后，翁森立志不再做官，隐居教授。元至元年间（1264—1294年），建安洲书院于县东南二十五里的崇教里，以朱熹白鹿洞学规为训，坚持以儒术教化乡人。从学者先后达八百多人。元代废科举，学风日下，仙居县地处穷僻，文化尤其日衰，经翁森的力挽，耕读之风又"彬彬称盛"。

《四时读书乐》是四首歌咏读书情趣的旧诗，是很好的劝学诗。这四首诗，诗中有画，画中有诗，或者说是诗画并茂，景情并茂，以其蕴含的无限书香雅趣，点缀着古城小巷的人文风情，尤其是它那"凡人及时读书，便可无时不乐"的理性主题，曾几何时，又构建了多少读书人在漫漫历史岁月里和坎坷人生旅程上的精神家园，鞠育了多少书童学子于书卷中求学求知，并甘为中国文化香火之传人的志愿抱负？

这四首诗以其生动与绮美，在中国读书史上广为播颂千余载。在中国历史文化名城苏州，它曾成为明代"吴中四才子"之一、书画大家文徵明着墨的题材，被绘成"布景设色、清雅绝尘"的《四时读书乐图》，为江南收藏家珍赏秘鉴，世代相传；它也曾被演为砖刻这种艺术形式，镶嵌于古城民宅的门楼之上，与其主人朝夕相伴，出入相亲。

20世纪成名的学者和作家中，郑逸梅、季羡林、陈从周、梁厚甫、陆文夫、鲍昌、许杰等许许多多先生对此过目难忘，并因而对他们个人的读书生活发生了潜润暗滋的有益影响。

我读我思

"凡人及时读书，便可无时不乐。"在你的求学生涯中，肯定有很多快乐的瞬间，请与大家分享。

勉　学（节选）

[南北朝] 颜之推

古之学者①为己，以②补不足也；今之学者为人，但能说之③也。古之学者为人，行道以利世④也；今之学者为己，修身以求进⑤也。夫学者犹种树也⑥，春玩其华⑦，秋登其实⑧；讲论文章，春华也，修身利行⑨，秋实也。

人生小幼，精神专利⑩，长成已⑪后，思虑散逸⑫，固须早教⑬，勿失机⑭也。吾七岁时，诵《灵光殿赋》⑮，至于⑯今日，十年一理⑰，犹⑱不遗忘；二十之外，所诵经书，一月废置⑲，便至荒芜⑳矣。然人有坎壈㉑，失于盛年，犹当晚㉒学，不可自弃㉓。孔子云："五十以学《易》，可以无大过矣。"魏武、袁遗，老而弥笃，此皆少学而至老不倦也。曾子七十乃学，名闻天下；荀卿五十始来游学，犹为硕儒；公孙弘四十余，方读春秋，以此遂登丞相；朱云亦四十，始学《易》《论语》；皇甫谧二十，始受《孝经》《论语》：皆终成大儒，此并早迷而晚寤也。世人婚冠未学，便称迟暮，因循面墙，亦为愚耳。幼㉔而学者，如㉕日出之光，老㉖而学者，如秉烛夜行㉗，犹贤乎瞑目㉘而无见者也。

学之兴废，随世轻重。汉时贤俊，皆以一经弘圣人之道，上明天时，下该人事，用此致卿相者多矣。末俗已来不复尔，空守章句，但诵师言，施之世务，殆无一可。故士大夫子弟，皆以博涉为贵，不肯专儒。梁朝皇孙以下，总丱（guàn）之年，必先入学，观其志尚，出身已后，便从文史，略无卒业者。冠冕为此者，则有何胤、刘瓛（huán）、明山宾、周舍、朱异、周弘正、贺琛、贺革、萧子政、刘稻等，兼通文史，不徒讲说也。洛阳亦闻崔浩、张伟、刘芳，邺下又见邢子才：此四儒者，虽好经术，亦以才博擅名。如此诸贤，故为上品，以外率多田野间人，音辞鄙陋，风操蚩拙，相与专固，无所堪能，问一言辄酬数百，责其指归，或无要会。邺下谚云："博士买驴，书券三纸，未有驴字。"使汝以此为师，令人气塞。孔子曰："学也，禄在其中矣。"今勤无益之事，恐非业也。夫圣人之书，所以设教㉙，但明练经文㉚，粗通注㉛义，常使言行有得㉜，亦足为人㉝；何必"仲尼居"即须两纸疏㉞义，燕寝讲堂㉟，亦复何在？以此得胜㊱，宁有益乎㊲？光阴可惜㊳，譬诸逝水㊴。当博览机要㊵，以济功业㊶；必能兼美㊷，吾无间㊸焉。

[知识驿站]

注释

① 学者：求学的人。学，求学。
② 以：用来。
③ 但：只是。说之：向他人炫耀夸说自己的才学。
④ 行道：实行主张。利世：造福社会。利，有利于。世，世间，此指社会。
⑤ 修身：陶冶身心，涵养德性。进：进仕，做官。
⑥ 者……也：表判断（夫学者犹种树也）。犹：好比，好像。
⑦ 玩：赏玩。华：同"花"，花朵。
⑧ 登：同"得"，摘取。其实：它的果实。其，它的，代树的。实，果实。
⑨ 行：实行主张。
⑩ 专利：专一而敏锐。
⑪ 已：同"以"，以后。
⑫ 思虑：思想。散逸：分散。
⑬ 固：同"故"，所以。早教：尽早教育。
⑭ 机：时机。
⑮ 诵：背诵。《灵光殿赋》：东汉文学家王逸的儿子王延寿所作。灵光殿，西汉宗室鲁恭王所建。
⑯ 至于：到。
⑰ 理：梳理，整理，此指温习。
⑱ 犹：仍然，还。
⑲ 废置：搁置。
⑳ 荒芜：荒废。
㉑ 然：然而。坎壈（lǎn）：困顿，坎坷。
㉒ 晚：在晚年。
㉓ 不可：不能。自弃：自暴自弃。
㉔ 幼：在幼年时。
㉕ 如：像。
㉖ 老：在老年时。
㉗ 秉烛：拿着火把照明。烛，火把。秉，持。夜：在晚上。行：行走。
㉘ 贤：胜过。乎：于，比。瞑目：闭上眼睛。
㉙ 所以：用来的。设教：实施教育。
㉚ 明练：通晓，熟悉。经：儒家经典。

㉛粗通：略知。注：注解经书的文字。

㉜使：让。有得：有所帮助。

㉝为人：做人。

㉞"仲尼居"：《孝经·开宗明义》第一章开头的文字。疏：疏通原文意义并对旧注加以说明和发挥。

㉟燕寝讲堂：那些解经之家对"居"字，有的解释为"燕寝"（闲居之处），有的解释为"讲堂"（讲习之所），各执一端。

㊱以此得胜：因此取得胜利。以，因为。得胜，取得胜利。

㊲宁：难道。宁……乎：难道……吗？益：好处，益处。

㊳光阴：时间。可惜：值得珍惜。可，值得。

㊴譬诸：好像。

㊵博览：广泛阅览。机要：指书中的精要之处。

㊶济：成就，完成。功业：功名事业。功，功名。业，事业。

㊷必：如果。兼美：同时完善。

㊸吾无间：我没有什么可批评的。间，间隙，空子，可乘之机。

译文

古人学习是为了别人，实践真理，为社会谋利；现在的人学习是为了自己，提高自己的学问修养，为了谋取官禄爵位。学习就像种树，春天可以观赏花朵，秋天可以收获果实；讲演谈论文章，如同观赏香花，修身养性为社会谋利，如同收获秋天的果实。

人在小的时候，精神专一而敏锐，长大以后，心思分散，因此，必须尽早进行教育，不能错过良机。我在七岁的时候，读《灵光殿赋》，直到现在，十年温习一次，还不忘；二十岁以后，所背诵过的经书，如果过一个月不温习，就忘得差不多了。然而有人困顿不得志，要是在年轻时失去了学习的机会，到了晚年也应该加紧学习，不能自暴自弃。孔子说："五十以学《易经》，可以没有大的过错了。"魏武帝、袁遗，老而弥笃，这些都是年轻时学习到老不疲倦啊。曾子七十岁才学习，仍闻名天下；荀卿五十岁才开始出游学习，还为大儒；公孙弘四十多岁，才开始读《春秋》，并因此当上了丞相；朱云也是四十岁，开始学《易经》《论语》；皇甫谧二十，开始学习《孝经》《论语》：最后都成了大学者，这些都是早年迷糊而晚年醒悟啊。世上人到二三十婚冠的年龄没有学习，就自以为太晚了，因循保守而不再学习，也太愚蠢了。小时候学习，就像旭日东升放出的光芒；老来学习的人，就像拿着蜡烛走夜路，但这也比闭着眼什么都看不见的人要好。

学习风气是否浓厚，取决于社会是否重视知识的实用性。汉代的贤能之士，都能凭一种经术来弘扬圣人之道，上通天文，下知人事，以此获得卿相官职的人很多。末世清谈之风盛行以来，读书人拘泥于章句，只会背读师长的言论，用在时务上，几乎没有一件用得上。所以士大夫的子弟，都讲究多读书，不肯专守章句。梁朝贵族子弟，到童年时代，必须先让他们入国学，观察他们的志向与崇尚，走上仕途后，就做文吏的事情，很少有完成学业的。世代当官而从事经学的，则有何胤、刘瓛、明山宾、周舍、朱异、周弘正、贺琛、贺革、萧子政、刘稻等人，他们都兼通文史，不只是会讲解经术。我也听说在洛阳的有崔浩、张伟、刘芳，在邺下又见到邢子才，这四位儒者，不仅喜好经学，也以文才博学闻名，像这样的贤士，自然可称上品之人。此外，大多数是田野间人，言语鄙陋，举止粗俗，还都专断保守，什么能耐也没有，问一句就会答复几百句，词不达意，不得要领，邺下有俗谚说："博士买驴，写了三张契约，没有一个'驴'字。"如果让你们拜这种人为师，会被他气死了。孔子说过："好好学习，俸禄就在其中。"现在有人只在无益的事上尽力，恐怕不算正业吧！圣人的典籍，是用来讲教化的，只要熟悉经文，粗通传注大义，常使自己的言行得当，也足以立身做人；何必"仲尼居"三个字就得用上两张纸的注释，去弄清楚究竟"居"是在闲居的内室还是在讲习经术的厅堂？这样就算讲对了，这一类的争议有什么意义呢？争个谁高谁低，又有什么益处呢？光阴似箭，应该珍惜，它像流水一样，一去不复还。应当博览经典著作之精要，用来成就功名事业，如果能两全其美，那样我自然也就没必要再说什么了。

(参考资料：李花蕾. 颜氏家训：轻松阅读无障碍[M]. 长沙：湖南岳麓书社有限责任公司，2021.)

[作品档案]

颜之推（531—约597年），字介，生于江陵（今湖北江陵），祖籍琅邪临沂（今山东临沂），文学家、教育家。学术上，颜之推博学多识，一生著述甚丰，所著书大多已亡佚，今存《颜氏家训》和《还冤志》两书，《急就章注》《证俗音字》《集灵记》有辑本。

《勉学》在《颜氏家训》中列卷四第八篇，代表了颜之推的教育思想，对后世影响至深。颜之推的教育思想由《家训》一书看，是在鼓励读书，读儒家经典。主旨为一"破"一"立"。"破"在批判魏晋六朝以来盛行于士族上层的清谈玄学不肯实学之风；"立"在倡导一种以读六经为主，勤勉踏实的学风。

《勉学》中有许多见解暗合现代教育心理理论，此外文章本身也多有可取处：描绘士大夫丑态惟妙惟肖，典型的事例俯拾皆是，令人忍俊不禁；教训子弟则循循善诱；因是写给子弟看的也不拘章法，犹如与人谈话，娓娓道来，推心置腹，不悍烦、不训人，令人有坐春风、沐时雨之感，实为家教、风教之典范。

我读我思

你有哪些好的阅读方法？请与大家分享。

谈读书

[英]弗朗西斯·培根

读书足以怡情，足以博彩，足以长才。其怡情也，最见于独处幽居之时；其博彩也，最见于高谈阔论之中；其长才也，最见于处世判事之际。练达之士虽能分别处理细事或一一判别枝节，然纵观统筹、全局策划，则舍好学深思者莫属。

读书费时过多易惰，文采藻饰太盛则矫，全凭条文断事乃学究故态。读书补天然之不足，经验又补读书之不足，盖天生才干犹如自然花草，读书然后知如何修剪移接；而书中所示，如不以经验范之，则又大而无当。

狡黠者鄙读书，无知者慕读书，唯明智之士用读书，然读书并不以用处告人，用书之智不在书中，而在书外，全凭观察得之。

读书时不可存心诘难作者，不可尽信书上所言，亦不可只为寻章摘句，而应推敲细思。书有可浅尝者，有可吞食者，少数则须咀嚼消化。换言之，有只须读其部分者，有只须大体涉猎者，少数则须全读，读时须全神贯注，孜孜不倦。书亦可请人代读，取其所作摘要，但只限题材较次或价值不高者，否则书经提炼犹如水经蒸馏，淡而无味矣。

读书使人充实，讨论使人机智，笔记使人准确。因此不常做笔记者须记忆特强，不常讨论者须天生聪颖，不常读书者须欺世有术，始能无知而显有知。

读史使人明智，读诗使人灵秀，数学使人周密，科学使人深刻，伦理学使人庄重，逻辑修辞之学使人善辩：凡有所学，皆成性格。人之才智但有滞碍，无不可读适当之书使之顺畅，一如身体百病，皆可借相宜之运动除之。滚球利睾肾，射箭利胸肺，慢步利肠胃，骑术利头脑，诸如此类。如智力不集中，可令读数学，盖演算须全神贯注，稍有分散即须重演；如不能辨异，可令读经院哲学，盖是辈皆吹毛求疵之人；如不善求同，不善以一物阐证另一物，可令读律师之案卷。如此头脑中凡有缺陷，皆有特药可医。

[作品档案]

弗朗西斯·培根（1561—1626年），英国文艺复兴时期的代表人物之一，唯物主义哲学家，散文家，实验科学的创始人，是近代归纳法的创始人，又是给科学研究程序进行逻辑组织化的先驱。他确立了现代科学的思想根底，坚持科学思维方式，要通过新的观察而不是权威来作为获取学问的根底手段。培根将人的理解力分为三个局部：一是大脑的历史记忆；二是诗歌的想象力；三是逻辑判断力。马克思、恩格斯称培根是"英国唯物主义的第一个创始人"，是"整个实验科学的真正始祖"，这是对培根哲学特点的科学概括。

文艺复兴时期，人文主义者关心人本身，把完美的人作为自己的理想。为救治与教化有弱点与弊病的凡人，当时的文章常带有教诲目的。《谈读书》就是在这样的历史背景下创作的，是《培根随笔》中的一篇重要的文章，发表于1653年。文章虽短却字字珠玑。这篇文章不仅在用词方面多采用庄重典雅的古语词、大词，着重体现作者的冷静、理性，语言富有卓见，蕴含哲理，而且句子富有节奏感，读来朗朗上口。句式多采用并列式，体现语言及语义的平衡美。培根善用排比和比喻，深入浅出地说明道理。文中格言警句层出不穷，除联结句外，几乎句句是警句，言简意赅，很有说服力。这些论说文的特色在原文中体现得非常明显，堪称论说文的典范。

你喜欢阅读哪些方面的书籍？你在这些书籍中有哪些收获？请与大家分享。

读书三境界

[清]王国维

古今之成大事业、大学问者,必经过三种之境界:"昨夜西风凋碧树,独上高楼,望尽天涯路"①。此第一境也。"衣带渐宽终不悔,为伊消得人憔悴"②。此第二境也。"众里寻他千百度,蓦然回首,那人却在灯火阑珊处"③。此第三境也。

[知识驿站]

注释

① 出自北宋词人晏殊《蝶恋花(槛菊愁烟兰泣露)》。凋:凋谢,衰落。碧树:绿树。意为:昨天夜里西风惨烈,凋零了绿树。我独自登上高楼,望尽那消失在天涯的道路。

② 出自北宋词人柳永《蝶恋花(伫倚危楼风细细)》。衣带渐宽:指人逐渐消瘦。消得:值得。意为:我日渐消瘦也不觉得懊悔,为了你我情愿一身憔悴。

③ 出自宋代词人辛弃疾《青玉案·元夕》。蓦(mò)然:突然,猛然。阑珊:零落稀疏的样子。意为:突然间我一回头,不经意间却在灯火稀疏之处发现了她。

[作品档案]

王国维(1877—1927年),字静安、伯隅,号观堂,浙江海宁人。近代中国著名学者,杰出的古文字、古器物、古史地学家,诗人、文艺理论家、哲学家。

王国维早年追求新学,接受资产阶级改良主义思想的影响,把西方哲学、美学思想与中国古典哲学、美学相融合,研究哲学与美学,形成了独特的美学思想体系,继而攻词曲戏剧,后又治史学、古文字学、考古学。郭沫若称他为新史学的开山,不止如此,他平生学无专师,自辟门户,成就卓越,贡献突出,在教育、哲学、文学、戏曲、美学、史学、古文学等方面均有深诣和创新,为中华民族文化宝库留下了广博精深的学术遗产。1927年6月2日,王国维投颐和园昆明湖自尽。

读书三境界,是王国维提出的治学和事业追求的一种深刻理解和总结。第一境界,重点在于"独上高楼,望尽天涯路",做学问成大事业者,首先要有执着的追求,登高望远,瞰察路径,明确目标与方向。第二境界,原词是表现作者对爱的艰辛和爱的无悔。若把"伊"字理解为词人所追求的理想和毕生从事的事业,也不是不可以。王国维以此两句来比喻成大事业、大学问者，不是轻而易举，随便可得的，必须坚定不移，经过一番辛勤劳动，废寝忘食，孜孜以求，直至人瘦带宽也不后悔。王国维以《青玉案·元夕》最后的三句为"境界"之第三，即最终最高境界。做学问、成大事业者，要达到第三境界，必须有专注的精神，反复追寻、研究，下足功夫，自然会豁然贯通，有所发现，有所发明，就能够从必然王国进入自由王国。

谈谈你对"读书三境界"的理解。

读书使人优美

毕淑敏

优美在字典上的意思是：美好。

做一个美好的人，我相信是绝大多数人的心愿。除了心灵的美好，外表也需美好。为了这份美好，人们使出了万千手段。比如刀兵相见的整容，比如涂脂抹粉的化妆。为了抚平脸上的皱纹，竟然发明了用肉毒杆菌的毒素在眉眼间注射，让我这个曾经当过医生的人，胆战心惊。

其实，有一个最简单的美容之法，却被人们忽视，那就是读书啊！

读书的时候，人是专注的。因为你在聆听一些高贵的灵魂自言自语，不由自主地谦逊和聚精会神。即使是读闲书，看到妙处，也会忍不住拍案叫绝……长久的读书可以使人养成恭敬的习惯，知道这个世界上可以为师的人太多了，在生活中也会沿袭洗耳倾听的姿态。

而倾听，是让人神采倍添的绝好方式。所有的人都渴望被重视，而每一个生命也都不应被忽视。你重视了他人，魅力就降临在你的双眸了。

读书的时候，常常会会心一笑，那些智慧和精彩，那些英明与穿透，让我们在惊叹的同时拈页展颜。

微笑是最好的敷粉和装点，微笑可以传达比所有的语言更丰富的善意与温暖。有人觉得微笑很困难，以为是一个如何掌控面容的技术性问题，其实不然。不会笑的人，我总疑心是因为书读得不够广博和投入。

书是一座快乐的富矿，储存了大量的浓缩的欢愉因子，当你静夜抚卷的时候，那些因子如同香氛蒸腾，迷住了你的双眼，你眉飞色舞，中了蛊似的笑了起来，独享其乐。

也许有人说，我读书的时候，时有哭泣呢！哭，其实也是一种广义的微笑，因为灵魂在这一个瞬间舒展，尽情宣泄。告诉你一个小秘密：我大半生中的快乐累加一处，都抵不过我在书中得到的欢愉多。而这种欣悦，是多么地简便和利于储存啊，物美价廉重复使用，且永不磨损。

读书让我们知道了天地间很多奥秘，而且知道还有更多奥秘，不曾被人揭露，我们就不敢用目空一切的眼神睥睨天下。你在书籍里看到了无休无止的时间流淌，你就不敢奢侈，不敢口出狂言。

自知是一切美好的基石。当你把他人的聪慧加上你自己的理解,恰如其分地轻轻说出的时候,你的红唇就比任何美丽色彩的涂抹,都更加光艳夺目。

你想美好吗?你就读书吧。不需要花费很多的金钱,但要花费很多的时间。坚持下去,持之以恒,优美就像五月的花环,某一天飘然而至,簇拥你颈间。

[作品档案]

爱美之心,人皆有之。在文意的蓄势和铺垫后,作者明确地告诉我们,最简单的美容之法就是读书。读书使人充实,获取知识,增长才干;读书使人愉悦,陶冶性情,荡涤烦忧;读书更使人优美,腹有诗书气自华。读书贵在持之以恒,长年坚持,不仅要养成习惯,更要让它成为你生活的一部分,成为你生命的一部分。文章的语言清新俊逸,睿智深刻,读之如沐和煦的春风,如浴明媚的阳光。

你喜欢阅读吗?阅读给你带来哪些改变?请与大家分享。

为什么要多读书

《人民日报》社论

经常有人会问，人读了那么多书，最终可能还是归于平凡，何苦折腾？一个人读书的意义，究竟是什么？这几个回答，或许可以击中你。

读书让人学会思考

读书和不读书的最大差别，就是思想的差别。不读书就像没吃饱饭一样，精神上是饥饿的。读书让人学会思考，让人能够沉静下来，享受一种灵魂深处的愉悦。

我们常说，一个人之所以陷于困境，常常是由于认知不足。而读书是拓展认知和视野的捷径。有些知识学到了就是自己的，有些思想悟到了也是自己的。用生活中的感悟去读书，用读书的感悟去生活，总有一天你会发现，在面对一些问题时，思考可以更全面，从而找到更好的解决办法。

读书让心态更平和

在书中，你可以见识不同的人，看到不同的生活，得到一些不同的生命感悟。脚步丈量不到的地方，文字可以；眼睛看不到的地方，文字可以。读书就是最好的心灵之旅。

读书对人最大的改变，其实是心态的改变。通过一些书籍的阅读，我们会对自我有更准确的定位，从而放下不切实际的幻想，珍惜眼下所拥有的。每一个能踏踏实实过好今天的人，都是很优秀的。

读书开解人生烦恼

书籍，之所以被称为"心灵解药"，是因为可以解惑、可以疗伤。很多时候，我们之所以陷于狭隘的痛苦，烦恼不断，其根源就是读书太少。囿于有限的学识和认知，没有足够的智慧来解决生活中的难题。

有人说，一个人最重要的不是拥有多少财富，而是是否拥有深厚的学识和崇高的思想。学识和思想，都可以通过读书得到。驱赶迷茫，或者对抗平庸，读书都是最简单最实用的方法之一。

读书终会予人回报

腹有诗书的人不会让自己囿于生活的鸡毛蒜皮，也不会困于一时的人生低谷。所有认真读过的书都会融进灵魂，沉淀成智慧，静静地待在心灵深处，只要被触动，就会喷薄而出。

爱读书的人，心灵有温度，乐于感知世事百态；爱读书的人，生活有情趣，不会因现实的琐碎而放弃思考。

读书多了，你会发现自己经历了一场蜕变。你在读书上花的每一分钟，都会在未来的某个时刻给你回报。有时间了，就多读书吧。

[作品档案]

典籍是文化传承的载体，蕴藏其中的家国情怀和奋斗激情，给人思想启迪和精神动力。通过一本书，在时间上思接千载，在空间上视通万里。这其实揭示出了读书的另一层意义，即超越一个人的现实处境。书本虽小，但就像一个时空容器，"黄鸟于飞，集于灌木"的美丽意象、"金戈铁马，气吞万里如虎"的宏大场景、"究天人之际，通古今之变"的深沉思考……都可尽收其中。人们翻开书籍，就如同打开了一个辽阔的精神世界。

无论是坐在写字楼的隔间，还是挤上早晚高峰的地铁，在日常生活之外，人们还向往着诗和远方。书籍就好比是想象力的翅膀，让人们得以去俯瞰山川大地，去对视日月星辰。

通过阅读，人们往往能体验更开阔的人生境界。当职业发展遇到一时挫折，可以从那些伟大人物传记里受到"艰难困苦，玉汝于成"的激励；当工作生活面临一时困境，可以从各类书籍中获得"柳暗花明又一村"的启迪。通过读书，人的精神变得更加丰盈，心胸和视野变得更加宽广。

因此可以说，读书提供了一个跳出来看待事物发展的宽广视野，一个从全周期认识事物的完整视角。这是一个重要的方法论。我们工作生活在当下，但如果我们仅凭当下来认识当下，则可能会产生"不识庐山真面目，只缘身在此山中"的偏差。因此，我们需要通过书籍打开一种上下五千年、纵横几万里的视野，从更长的历史周期获得完整而全面的认识。读书可以让人从一世来看一时、从全局来看一隅，从更多维度、更长周期来把握过去、当下和未来。

读书本身就是一件开阔的事情。顺境时读书，它会赋予你奋进的力量和清醒的思考；逆境时读书，它能带给你更多慷慨与辽阔。从书本中我们既能向外看见更开阔的世界，更能向内看见一颗与世界同样宽广的强大内心。

我读我思

谈谈你对"为什么读书"的理解。

朗读训练

文言文的朗读

文言文是一种言简意赅的古代书面语言作品的统称，是中国优秀传统文化的瑰宝。那些优秀的文言文往往用精湛的文笔记录了中国历史上的重要人物及重要事件，表达出一种高尚的思想情操。至今读来，仍有相当强烈的感染力，仍有极为精妙的音韵美。

文言文朗读要比白话文朗读困难得多。它字少意深，音单义广，难以补足；它一词多义，句法简奥，难以把握；它语焉不详，难以晓畅；它词异声同，一字多音，难以准确；它文无定式，稍纵即逝，难以体味。

朗读者对文言文中的每一字、每一句，一定要理解得熟透、精到。除了熟透、精到的理解，还必须融入具体的感受，不能麻木不仁、毫无感情地去朗读。诚然，文言文是表古人的思想，达古人的意向，抒古人的情怀，发古人的感慨，但对任何作品而言，包括文言文在内，缺乏真情实感的朗读不仅违反朗读的创作规律，而且必然削弱有声语言表情达意、言志传神的功能，必然缩小文言文的认识意义，同时降低其美学价值。

文言文的朗读，不宜峰谷悬殊、缓急突变。从整体来看，应该是平稳的、舒缓的、从容的、深沉的。

导读

　　李大钊曾经说过："青年者，人生之王，人生之春，人生之华也。"青年永远是激情与活力的代言，永远同光荣与梦想相伴。青年是社会向上的力量，是国家未来的脊梁，青年的成长关系着国家和民族的发展。新时代的青年应重视提升道德修养，对自己的青春负责。

　　"上善若水，厚德载物。"良好的道德品质不仅是安身立命之本，更是为人成事之基，因此青年人不但要为自己树立道德意识，同时还要经常对自己的所作所为、所思所想进行反思，以增强自身的品德修养。只有鲜明的主体意识才能产生自律性，才能激发道德责任感，将修身养德化为自觉行为，从而主动将道德修养作为工作生活的基点，使其"得于心而行于外"。

　　信仰是道德的标尺，它让我们懂得什么是善恶，使我们了解什么叫宽容，什么叫诚信，什么叫奉献。理想则像一盏明灯，点燃希望和梦想，令我们即使身处物欲横流之中也不会迷失自我。信仰和理想支撑的道德力量更是无穷的。所以才有"苟利国家生死以，岂因祸福避趋之"，才有"我自横刀向天笑，去留肝胆两昆仑"，才有了我们党领导中国人民取得新民主主义革命伟大胜利、社会主义建设辉煌成就的人间奇迹。

竹 石①

[清] 郑 燮

咬定②青山不放松，立根原在破岩③中。
千磨万击还坚劲④，任尔⑤东西南北风。

[知识驿站]

注释

① 竹石：扎根在石缝中的竹子。诗人是著名画家，他画的竹子特别有名，这是他题写在竹石画上的一首诗。
② 咬定：比喻根扎得结实，像咬着青山不松口一样。
③ 立根：扎根，生根。原：原来。破岩：裂开的山岩，即岩石的缝隙。
④ 磨：折磨，挫折，磨炼。击：打击。坚劲：坚强有力。
⑤ 任：任凭，无论，不管。尔：你。

译文

竹子抓住青山一点也不放松，它的根牢牢地扎在岩石缝中。
经历无数磨难和打击身骨仍坚劲，任凭你刮酷暑的东南风，还是严冬的西北风。

(参考资料：孙敬东，张义敏.古诗词注释评析(注音增补版)[M].济南：山东教育出版社，2000.)

[作品档案]

这是一首咏竹诗。诗人所赞颂的并非竹的柔美，而是竹的刚毅。前两句赞美立根于破岩中的劲竹的内在精神。开头一个"咬"字，一字千钧，极为有力，而且形象化，充分表达了劲竹的刚毅性格。再以"不放松"来补足"咬"字，劲竹的个性特征表露无遗。次句中的"破岩"更衬托出劲竹生命力的顽强。后二句再进一层写恶劣的客观环境对劲竹的磨炼与考验。不管风吹雨打，任凭霜寒雪冻，苍翠的青竹仍然"坚劲"，傲然挺立。"千磨万击""东西南北风"，极言考验之严酷。这首诗借物喻人，作者通过咏颂立根破岩中的劲竹，含蓄地表达了自己绝不随波逐流的高尚的思想情操。全诗语言质朴，寓意深刻。

这是一首借物喻人、托物言志的诗，也是一首咏物诗。这首诗着力表现了竹子那顽强而又执着的品质，托岩竹的坚韧顽强，言自己刚正不阿、正直不屈、铁骨铮铮的骨气。全诗语言简易明快，坚定有力。

我读我思

《竹石》是一首借物喻人、托物言志的诗，你还知道哪些类似的诗词？请与大家分享。

做一个战士

巴 金

一个年轻的朋友写信问我："应该做一个什么样的人？"我回答他："做一个战士。"另一个朋友问我："怎样对付生活？"我仍旧答道："做一个战士。"

《战士颂》的作者曾经写过这样的话：

> 我激荡在这绵绵不息、滂沱四方的生命洪流中，我就应该追逐这洪流，而且追过它，自己去造更广、更深的洪流。
>
> 我如果是一盏灯，这灯的用处便是照彻那多量的黑暗。我如果是海潮，便要鼓起波涛去洗涤海边一切陈腐的积物。

这一段话很恰当地写出了战士的心情。

在这个时代，战士是最需要的。但是这样的战士并不一定要持枪上战场。他的武器也不一定是枪弹。他的武器还可以是知识、信仰和坚强的意志。他并不一定要流仇敌的血，却能更有把握地致敌人的死命。

战士是永远追求光明的。他并不躺在晴空下享受阳光，却在暗夜里燃起火炬，给人们照亮道路，使他们走向黎明。驱散黑暗，这是战士的任务。他不躲避黑暗，却要面对黑暗，跟躲藏在阴影里的魑魅、魍魉搏斗。他要消灭它们而取得光明。战士是不知道妥协的。他得不到光明便不会停止战斗。

战士是永远年轻的。他不犹豫，不休息。他深入人丛中，找寻苍蝇、毒蚊等等危害人类的东西。他不断地攻击它们，不肯与它们共同生存在一个天空下面。对于战士，生活就是不停的战斗。他不是取得光明而生存，便是带着满身伤疤而死去。在战斗中力量只有增长，信仰只有加强。在战斗中给战士指路的是"未来"，"未来"给人以希望和鼓舞。战士永远不会失去青春的活力。

战士是不知道灰心与绝望的。他甚至在失败的废墟上，还要堆起破碎的砖石重建九级宝塔。任何打击都不能击破战士的意志。只有在死的时候他才闭上眼睛。

战士是不知道畏缩的。他的脚步很坚定。他看定目标，便一直向前走去。他不怕被绊脚石摔倒，没有一种障碍能使他改变心思。假象绝不能迷住战士的眼睛，支配战士的行动的是信仰。他能够忍受一切艰难、痛苦，而达到他所选定的目标。除非他死，人不能使他放弃工作。

这便是我们现在需要的战士。这样的战士并不一定具有超人的能力。他是一个平凡的人。每个人都可以做战士，只要他有决心。所以我用"做一个战士"的话来激励那些在彷徨、苦闷中的年轻朋友。

[作品档案]

巴金（1904—2005年），原名李尧棠，字芾甘，笔名巴金，祖籍浙江嘉兴，生于四川成都，现代文学家、翻译家、出版家，五四新文化运动以来最有影响的作家之一，中国当代文坛的巨匠。1929年，第一次以"巴金"的笔名在《小说月报》发表中篇小说《灭亡》。"爱情的三部曲"《雾》《雨》《电》反映了当时中国青年知识分子寻求革命的历程，在青年读者中有广泛的影响。最著名的长篇小说"激流三部曲"之一《家》，以五四运动后的中国社会为背景，描写一个封建大家庭的衰亡和分化，揭示了封建制度必然灭亡的命运。作品成功地塑造了众多真实动人的人物形象，充满激情，是巴金的代表作，也是我国现代文学史上最卓越的作品之一。1938年和1940年分别出版了长篇小说《春》和《秋》，完成了"激流三部曲"。

做人有各种各样的姿态和选择，巴金先生强调要做一名战士，其意并不在于让每一个年轻人拿起枪去上战场。对于人生来说，每个阶段、每个地方都有不同的遭遇，都会面对不同的挑战，把人生当作一场战争，把每一个阶段所面临的挑战当作一次战役，以一个战士的态度去勇于面对，这才是作者要表达的思想内容。作为战士就要拥有战士的优点，有强烈的组织性和纪律性，有旺盛的斗志和战斗意志，有绝不屈服的韧性作战精神。更重要的是，战士是追求光明的，是为了人类的前途和明天而战的。对于青年人来讲，只有把自己的前途与命运和国家、民族乃至全人类的命运连在一起，才能在人生战场上取得一场又一场的胜利。

对于人生，每个人都有自己的选择，你的选择是什么？

闪耀吧，青春的火光

郭小川

　　我几乎不能辨认，这季节，到底是夏天还是春天。因为，在我目光所及的地方，处处都浮跃着新生的喜欢；我几乎计算不出，我自己，究竟是中年还是青年，因为，从我面前流过的每一点时光，都是这样的新鲜！

　　我呀——好动，而且兴趣过于广泛，只是对这样的生活，发生了永世不渝的爱恋；我呀——渺小而平凡。可是，我把自己看作巨人，辽阔的国土就是我的家园。

　　亲爱的朋友们哪，青春，属于你，属于我，属于我们每一个人，让我们同我们的祖国一起，度过这壮丽的青春！

　　然而，青春不只是秀美的发辫和花色的衣裙，在青春的世界里，沙粒要变成珍珠，石头要化作黄金；青春的所有者也不能总在高山麓、溪水旁谈情话、看流云，青春的魅力应当让枯枝长出鲜果，沙漠布满森林；大胆的向望、不倦的思索、一往直前的行进，这才是青春的美，青春的欢乐，青春的本分！

　　是啊，我们不要那种旁观者，他来到这个世界上，既不同谁发生争执，也不做半点交涉。不！我们是沸腾的铁水，每一滴都发出高热，我们走到哪里，就要把哪里的黑暗和寒冷冲破；我们不喜欢那种饶舌的勇士，瀑布般的埋怨之声，淹没了露珠大的、真正的努力。不！我们是生活的勘测员，珍惜大地上的每一块矿石。我们讨厌那种看风转舵的船手，他心中啊，没有方向盘，只懂得跟在人家的屁股后面。不！我们宁愿做个萤火虫，永远永远，朝着光明的去处走，即使在前进的途中，焚身葬骨，也唱着高歌，不回头。我们憎恶那种自私自利的庸人——人活着，只是为了生前的享乐和死后的阔气的仪殡。不！我们纯洁的心灵，不能蒙上一粒灰尘，我们每一滴血汗，都是为了贡献给我们所深爱的人民！

　　啊，曲折的道路是这样漫长，一不小心，就会走上岔道，陷进泥塘。然而，英雄的意志，谁也不能阻挡——祖国给我们以力量！

　　闪耀吧，青春的火光！

　　闪耀吧，青春的火光！——我们为什么不能在这片国土上创造出惊天动地的奇迹？我们为什么不能使我们的外表和心灵变得又纯洁，又朴质？我们为什么不能几倍的加快我们事业的前进速率？我们为什么不能一个人迸发出三个人的威力？！——朋友啊，我们能啊！而且,这算不了什么——因为,我们的脚下,是青春的祖国!

再没有什么能主宰这伟大的生活!我们永远不会忘记我们的神圣职责!我们永远不会把这壮丽的青春辱没!

——啊,青春,愿你光芒四射!

青春,你一天也不能离开我!

[作品档案]

郭小川(1919—1976年),原名郭恩大,出生在河北省丰宁县凤山镇(原属热河省)一个知识分子家庭。"一二·九"运动后,他积极投身抗日救亡的学生运动,是中国共产党领导下的民族解放先锋队文艺青年联合会的活跃成员,开始用诗歌作武器,参加了民族解放的斗争。他凭着一腔热血和豪情,创作了许多充满革命激情、脍炙人口的诗篇,是我国文学界一位富有才华的诗人。郭小川的主要著作有《团泊洼的秋天》《平原老人》《投入火热的斗争》《致青年公民》《鹏程万里》《将军三部曲》《甘蔗林——青纱帐》《昆仑行》等。

《闪耀吧,青春的火光》是郭小川于1956年创作的一首现代诗,是组诗《致青年公民》中的一首。这首诗以青年读者当时的心理、情绪合拍的昂扬奋发的时代精神,以马雅可夫斯基式的论辩性、鼓动性,以磅礴的气势、饱满的激情,成为鼓舞青年投入火热斗争的号角和战鼓。

在诗人的笔下,青春是活力的象征,它蕴涵着智慧、勇敢和意志。诗歌激情澎湃,富有想象和哲理,像战鼓、号角催人奋进。诗歌充斥着郭小川对祖国的热爱,对青年为祖国建设添砖加瓦的期盼。

作为新时代的技能型人才,你将如何让自己的青春闪耀?

青春万岁（序诗）

王　蒙

所有的日子，所有的日子都来吧，
让我编织你们，用青春的金线，
和幸福的璎珞，编织你们。

有那小船上的歌笑，月下校园的欢舞，
细雨蒙蒙里踏青，初雪的早晨行军，
还有热烈的争论，跃动的、温暖的心……

是转眼过去了的日子，也是充满遐想的日子，
纷纷的心愿迷离，像春天的雨，
我们有时间，有力量，有燃烧的信念，
我们渴望生活，渴望在天上飞。

是单纯的日子，也是多变的日子，
浩大的世界，样样叫我们好惊奇，
从来都兴高采烈，从来不淡漠，
眼泪，欢笑，深思，全是第一次。

所有的日子都去吧，都去吧，
在生活中我快乐地向前，
多沉重的担子我不会发软，
多严峻的战斗我不会丢脸，
有一天，擦完了枪，擦完了机器，擦完了汗，
我想念你们，招呼你们，
并且怀着骄傲，注视你们！

[作品档案]

王蒙，河北南皮人，1934年10月15日生于北京。中国当代作家、学者，文化部原部长，中国作家协会名誉主席，任解放军艺术学院、南京大学、浙江大学、上海师范大学、华中师范大学、新疆大学、新疆师范学院、中国海洋大学、安徽师范大学教授、名誉教授、顾问，中国海洋大学文学与新闻传播学院院长。著有长篇小说《青春万岁》《活动变人形》等近百部小说，其作品反映了中国人民在前进道路上的坎坷历程。曾获意大利蒙德罗文学奖、日本创价学会和平与文化奖、俄罗斯科学院远东研究所与澳门大学荣誉博士学位、约旦作家协会名誉会员等荣衔。作品翻译为二十多种语言在各国发行。2019年9月23日，王蒙长篇小说《青春万岁》入选"新中国70年70部长篇小说典藏"。2019年9月17日，王蒙被授予"人民艺术家"国家荣誉称号。

《青春万岁》表现了诗人对生活的无比热爱、对人生的无限憧憬和对未来的坚定信念，展示了中华人民共和国成立初期青年人特有的献身祖国、建设祖国的自豪与责任、豪情与壮志。

诗中的"小船上的歌笑""月下校园的欢舞""细雨蒙蒙里踏青""初雪的早晨行军"等意象，构成了一幅幅场景，我们展开想象，可以看出青年学生们那种充满激情、充满朝气、充满青春活力的精神面貌，进而形成了一种欢乐、热烈、青春的鲜明意境。我们能从中体会出诗人那种对生活、对人生、对未来的豪情与信念。

开头写"所有的日子都来吧"，表现对新生活的无限渴望与向往；结尾写"所有的日子都去吧"，表示对过去的日子不留恋，同样表现对未来美好生活的追求。诗人这样写，从诗意上看，前呼后应，共同表现对未来新生活的呼唤；从结构上看，首尾照应，结构完整。

诗歌诗句简短，节奏明快，语言充满着激情，意象非常鲜明，气势乐观豪迈，实为一首紧接地气、尽显正能量的诗歌！

我读我思

我们每个人对未来都有不同的憧憬，请分享自己对未来的畅想与希望。

相信未来

食 指

当蜘蛛网无情地查封了我的炉台①，
当灰烬的余烟②叹息着贫困的悲哀，
我依然固执地铺平失望的灰烬，
用美丽的雪花③写下：相信未来。

当我的紫葡萄化为深秋的露水④，
当我的鲜花⑤依偎在别人的情怀，
我依然固执地用凝霜的枯藤⑥，
在凄凉的大地⑦上写下：相信未来。

我要用手指那涌向天边的排浪⑧，
我要用手掌那托住太阳的大海⑨，
摇曳着曙光⑩那支温暖漂亮的笔杆，
用孩子的笔体写下：相信未来。

我之所以坚定地相信未来，
是我相信未来人们的眼睛⑪——
她有拨开历史风尘的睫毛，
她有看透岁月篇章的瞳孔。

不管人们对于我们腐烂的皮肉⑫，
那些迷途的惆怅，失败的苦痛，
是寄予感动的热泪，深切的同情，
还是给以轻蔑的微笑，辛辣的嘲讽。

我坚信人们对于我们的脊骨⑬，

那无数次地探索、迷途、失败和成功，
一定会给予热情、客观、公正的评定，
是的，我焦急地等待着他们的评定。

朋友，坚定地相信未来吧，
相信不屈不挠的努力，
相信战胜死亡的年轻，
相信未来，热爱生命。

[知识驿站]

注释

①蜘蛛网：黑暗的势力。在生活中，"蜘蛛网"出现在人的活动长久消失的地方，这些地方往往落满灰尘，给人以黑暗或者灰暗的色调，且毫无生机，死气沉沉；而"网"这一意象中心语带给人的切身感受是全身性的"束缚"，所以诗句中用了一个词叫"查封"，显然是对"束缚"这一意象信息的象征性提升。所以"蜘蛛网"这一意象蕴含着"灰色调""毫无生机""给人以束缚"这样三个符合语境的信息。我的炉台：产生希望的地方。之所以把"我的炉台"作为一个意象，是因为"我的"二字的加入更符合对"意象"的定义：融入了"诗人主观情感"的客观物象。《相信未来》写于北方，食指也是北方人，在东北三省，公历十月一日就要下雪，取暖是北方人非常日常的生活方式之一。在没有暖气供应的时候，炉子是人们在日常生活中取暖的工具，带给人的是一种日常的普世的温暖。故"我的炉台"可以理解为带给"我"内心以温暖的一切生活，进而转化性的理解为"我"内心对生活的热情、希望甚至理想。而这一切，都被现实中"灰暗的""毫无生机"且到处"给人以束缚"的外在社会给无情地"查封"了。

②灰烬的余烟：残余的希望。"灰烬"和"灰烬的余烟"带给人完全不同的感受，"灰烬"是静态的，黑沉沉的死寂；"灰烬的余烟"中心语在"余烟"，它是动态的，从"灰烬"之中袅袅升起，带给人以些微的动感和可能燃烧的希望，所以"灰烬的余烟"显示着死寂之中的希望。虽然生活有如"灰烬"般的死寂，但依然有"余烟"般的"叹息"显示着生命尚存的气息和希望。

③美丽的雪花：指纯洁与质朴。"雪花"在诗人内心首先是"美丽的"，构成心灵上的亮色和愉悦；其次，"雪花"的洁白和"蜘蛛网"的灰色调以及"灰烬"的黑色调构成色彩上的强烈对比，带给人以愉悦和乐观的情绪，给人以希望。再次，雪花可以覆盖肮脏的大地，让整个世界焕然一新，给人一个崭新的未来。

④紫葡萄：成熟的果实。"葡萄"是夏季里甜蜜的收获，最成熟的葡萄是紫色的，所以可以说"紫葡萄"是人生命力旺盛时最甜蜜的收获。同时，紫色也是一种高贵的生命的颜色，这种高贵源自苦难中不屈不挠的顽强的生命力。诗人写《相信未来》时二十岁，时值生命力旺盛而有才华的季节，《相信未来》这首诗本身就是诗人在这个人生季节里最美的收获，同时诗人也在人生的困境和磨难中生存着，所以这里两种关于紫色的分析都与诗人的写作语境相吻合。深秋的露水：失望的情感。秋主肃杀之气，"深秋"更是万物衰败的季节，"露水"虽然清纯，但对生命的滋养实在有限，在这个肃杀的季节，任何的风吹草动都可以抹杀它的存在，极易消逝。所以"深秋的露水"象征极易消逝的事物甚至人脆弱的存在以与"紫葡萄"的内涵相照应。

⑤我的鲜花：美好的情感。"鲜花"在"情怀"的暗示下自然地指向了成功、荣誉以及获得它们的机会或者平台，"我的鲜花"指原本属于"我"的或者我原本应该有的机会、荣誉、成功等现实中都成了"别人"的了。

⑥凝霜的枯藤：遭受不幸，但有韧性的不屈精神。"枯藤"顾名思义指枯干的绝无生命力的藤，"凝霜"虽已无法滋养枯藤的生命，但诗人选择"凝霜"的"枯藤"来书写很好地表明了他内心的"固执"——固执于生命的希望，哪怕非常的微茫。

⑦凄凉的大地：黑暗的现实。"大地"是永远的母体，是永远的诞生和死亡之所。尽管在现实中"凄凉"，但反动的必将速朽死亡，正义的必将重见光明，大地的生命力是无法抹杀的。

⑧天边的排浪：象征着时代的暗流。以作者所处的时代（1968年），可理解为时代的潮流曙光：象征希望。排浪，定语是"涌向天边的"，这是一种无限的气势和力量。

⑨大海：定语是"托住太阳的"，这是一种雄浑博大的气度和胸怀。

⑩曙光：即清晨阳光。阳光是万物生长的生命之源，而"清晨"的阳光又暗示了黑暗的过去和黎明的到来。诗人"摇曳"着这清晨的阳光，有着对美好生命力的确信，有着对黑暗时光必将消亡的确信。

⑪人们的眼睛：热情、客观、公正的评定。这是"未来"的人们的眼睛，"她有拨开历史风尘的睫毛"，"她有看透岁月篇章的瞳孔"，即诗人相信未来的人们具有一种拨开历史迷雾的理性。

⑫腐烂的皮肉：指"那些迷途的惆怅，失败的苦痛"，在与后面的"脊骨"相对照之后可以知道，这些惆怅、苦痛是表面的创伤、暂时的困难。又指我们保守的思想。

⑬我们的脊（jǐ）骨：执着的追求和坚守的精神。指"那无数次的探索、迷途、失败和成功"。"脊骨"支撑着人的躯体，一般用来象征一个民族的脊梁。在这里内化为一个群体"我们"的精神支柱，而这些精神上的"探索"无疑也是对一个处在困境中民族出路的探索。

诗人相信"未来"的人们会用历史的理性对他们受到的伤害、有益的探索"一定会给予热情、客观、公正的评定"。

[作品档案]

食指，本名郭路生，1948年出生于山东朝城，当代著名诗人，朦胧诗代表人物。小学开始热爱诗歌，二十岁时写的名作《相信未来》《海洋三部曲》《这是四点零八分的北京》等以手抄本的形式在社会上广为流传。阿城插队内蒙古时托人抄录了食指的全部诗作；陈凯歌考电影学院时曾朗诵食指的《写在朋友结婚的时候》。1973年食指被诊断患有精神分裂症，入北医三院就医。出院后继续写作。1990年在北京第三福利院接受治疗。2001年4月28日与已故诗人海子共同获得第三届人民文学奖诗歌奖。著有诗集《相信未来》《食指、黑大春现代抒情诗合集》《诗探索金库·食指卷》《食指的诗》。

这首诗构思巧妙。前三节写"我"是怎样"相信未来"的，后三节写为什么要"相信未来"，最后一节呼唤人们带着对未来的信念去努力，去热爱，去生活。用语质朴，而思想深刻；性格鲜明，又令人折服。全诗基本上遵从了四行一节，在轻重音不断变化中求得感人效果的传统方式；以语言的时间艺术，与中国画式的空间艺术相结合，实现了诗人所反复讲述的"我的诗是一面窗户，是窗含西岭千秋雪"的艺术。通读该诗，虽然感受更多的不是轻松而是压抑，不是快乐而是痛苦，但从诗人那压抑和痛苦的吟哦中，也真切地感受到了诗人那撼人心魄的信念——无时不在渴望和憧憬着光明的未来以及为理想和光明而奋斗挣扎。

谈谈你对这首现代诗的理解。

修身齐家治国平天下 ①

[先秦] 曾 参

古之欲明明德于天下者，先治其国；欲治其国者，先齐其家②；欲齐其家者，先修其身③；欲修其身者，先正其心；欲正其心者，先诚其意；欲诚其意者，先致其知④，致知在格物。物格而后知至，知至而后意诚，意诚而后心正，心正而后身修，身修而后家齐，家齐而后国治，国治而后天下平。

[知识驿站]

注释

① 摘自《礼记·大学》。
② 齐其家：将自己家庭或家族的事务安排管理得井井有条，人与人之间的关系和谐，家业繁荣的意思。
③ 修其身：锻造、修炼自己的品行和人格。
④ 致其知：让自己得到知识和智慧。

译文

古时那些要想在天下弘扬光明正大品德的人，先要治理好自己的国家；要想治理好自己的国家，先要管理好自己的家庭；要想管理好自己的家庭，先要修养自身的品性；要想修养自身的品性，先要端正自己的思想；要端正自己的思想，先要使自己的意念真诚；要想使自己的意念真诚，先要使自己获得知识，获得知识的途径在于认知研究万事万物。通过对万事万物的认识研究，才能获得知识；获得知识后，意念才能真诚；意念真诚后，心思才能端正；心思端正后，才能修养品性；品性修养后，才能管理好家庭；家庭管理好了，才能治理好国家；治理好国家后天下才能太平。

（参考资料：曹志坚.《礼记》品读[M]. 兰州：兰州大学出版社，2018.）

[作品档案]

《大学》是一篇论述儒家修身齐家治国平天下思想的散文，原是《小戴礼记》第四十二篇，相传为春秋战国时期曾子所作，是一部中国古代讨论教育理论的重要著作。经北宋程颢、程颐竭力尊崇，南宋朱熹又作《大学章句》，最终和《中庸》《论语》《孟子》并称"四书"。

《大学》提出的"三纲领"(明明德、亲民、止于至善)和"八条目"(格物、致知、诚意、正心、修身、齐家、治国、平天下),强调修己是治人的前提,修己的目的是为了治国平天下,说明治国平天下和个人道德修养的一致性。

　　无论我们从事的事业是大还是小,每一个人都应当从修身做起,把修身作为立业的根本。儒家思想强调在"齐家治国平天下"之前,先要修身。只有做到诚挚待人、光明坦荡、宽人严己、严守信义,才能赢得他人的信赖和支持,为事业的发展打下良好的基础。

作为新时代的技能型人才,我们应该如何加强自己的道德修养?

生于忧患，死于安乐

[战国] 孟 子

舜发于畎亩之中①，傅说举于版筑②之间，胶鬲举③于鱼盐之中，管夷吾举于士④，孙叔敖⑤举于海，百里奚举于市⑥。故天将降大任于是人也⑦，必先苦其心志⑧，劳⑨其筋骨，饿其体肤⑩，空乏其身⑪，行拂乱其所为⑫，所以动心忍性⑬，曾益其所不能⑭。

人恒过⑮，然后能改；困于心，衡于虑⑯，而后作⑰；征于色⑱，发于声⑲，而后喻⑳。入则无法家拂士㉑，出则无敌国㉒外患者，国恒亡㉓。然后知生于忧患而死于安乐㉔也。

[知识驿站]

注释

① 舜：古代圣君，原耕于历山，后被尧起用，继承尧的君主位。发：指被起用，发迹。畎（quǎn）亩之中：田间、田地。畎，田间的水沟。

② 傅说：殷朝武丁时代的宰相，原为泥水匠，后被殷王武丁起用。版筑：筑墙时在两块夹板中间放土，用杵捣土，使其坚实。版，筑土墙用的夹板。筑，捣土用的木槌。

③ 胶鬲（gé）：原来贩卖鱼和盐，曾被周文王举荐给商纣王，后来又辅佐周武王。举：被举用，被提拔。

④ 管夷吾：即管仲，本是辅佐公子纠的臣子，后来公子纠在与公子小白（齐桓公）的斗争中失败，管仲成为罪人被押解回国，齐桓公知道他有才能，让狱官放了他，并任用他为相国。举于士：从狱官手里释放并举用。士，狱官。

⑤ 孙叔敖：春秋时楚国人，曾隐居海滨，后被楚庄王举以为相（令尹），楚国因此富强。

⑥ 百里奚：春秋时虞国大夫，晋国灭亡虞国，被晋军俘虏，作为陪嫁奴送至秦国，后逃至宛（楚邑），被楚人捉去放牛，秦穆公知其贤，把他赎买到秦，举以为相。举于市：指从奴隶市场中被举用。

⑦ 故：所以。任：责任，担子，使命。是：代词，这，这些。也：助词，用在前半句的末尾，表示停顿一下，后半句将要加以解说。

⑧ 必：一定。苦：形容词的使动用法，使……苦恼。心志：意志。

⑨ 劳：动词的使动用法，使……劳累。

⑩ 饿：动词的使动用法，使……饥饿。体肤：肌肤。

⑪ 空乏其身：使他身受贫穷之苦。空乏，资财缺乏，这里是"使……资财缺乏"的意思。

⑫ 行拂乱其所为：指做事不能如意。拂乱，形容词的使动用法，使……颠倒错乱。拂，违背。乱，扰乱。

⑬ 所以动心忍性：借此使他们心里常常保持警惕，使他们的性格变得坚强。所以，以此，用它来。动心，使心惊动，使内心警惕。动，动词的使动用法，使……惊动。忍性，使其性格坚强。忍，形容词的使动用法，使……坚强。

⑭ 曾益其所不能：增加他们所欠缺的本领。曾，同"增"，增加。益，与曾同义。

⑮ 人恒过：人经常会有过错。恒，经常，常常。过，过错、过失。

⑯ 衡于虑：思虑堵塞。衡，同"横"，不顺。

⑰ 作：奋起，指有作为。

⑱ 征于色：脸上表现出抑郁的神色。征，察验，表现。色，脸色。

⑲ 发于声：发出忧叹的声音。发，表露。声，指忧叹之声。

⑳ 而后喻：然后才明白过来。喻，明白，醒悟。

㉑ 入：在国内。法家拂士：掌握法度、辅佐君主的大臣。法家，懂法度并执法的大臣。拂士，足以辅佐国君的贤士。拂，同"弼"，辅弼，匡正过失。

㉒ 出：在外面，指对外。敌国：势力、地位相当，足以抗衡的国家。敌，匹敌、相当。

㉓ 亡：灭亡。

㉔ 生于忧患：有作为的生存产生于忧患。意思是，忧患使人振作、勤奋，因而得生。死于安乐：安乐使人怠惰，导致人死亡和国家、事业的衰败。

译文

舜从田间被举荐出来，傅说在筑墙修路的奴隶中被提拔出来，胶鬲从贩卖鱼盐的商人中被提拔上来，管仲从监狱中被提拔上来，孙叔敖从海边隐居的地方被提拔上来，百里奚在奴隶市场上被提拔上来。所以说，上天要让某个人担当重任，一定会使他的心志忍受痛苦，使他的筋骨劳累，使他的身体肌肤饥饿，使他身受贫困之苦，使他做事不能如意，借此使他们心里常常保持警惕，使他们的性格变得坚强，增加他们所欠缺的本领。

人经常会犯错误，多犯几次错误才能谨慎。一个人只有内心被困扰，思虑堵塞，才能奋发、有作为。脸上表现出抑郁的神色，发出忧叹的声音，然后才明白过来。在国中没有懂法度并严格执法的大臣和足为辅弼国君的贤士，在国外又没有势力、地位相当的国家，这样的国家常常灭亡。这样以后就能知道忧思祸患使人成长、使人振作和勤奋，因而得生；安逸享乐使人怠惰，导致人死亡和国家、事业的衰败。

（参考资料：杨伯峻，杨逢彬.孟子译注[M].长沙：岳麓书社，2021.）

[作品档案]

《生于忧患，死于安乐》是一篇论证严密、雄辩有力的说理散文，文章在写作上的突出特点是先提出论据，紧接着进行深入分析、引申、推论，最后推导出文章的中心论点。作者先列举六位在困境中振作精神、奋发努力而终于大有作为的人的事例，证明忧患可以激励人奋发有为、磨难可以促使人有新成就、证明逆境能够造就人才，证明中心论点的正确性；接着，作者从一个人的发展和一个国家的兴亡两个不同的角度进一步论证忧患则生、安乐则亡的道理；最后水到渠成，得出"生于忧患而死于安乐"的结论，因而说服力很强。

在修辞上，《生于忧患，死于安乐》配合归纳的推理方式，采用了排比句式和对仗句式。一般说来，铺陈排比的写法，固可造成宏大气势；但若处理不当，也可致繁复拖沓之虞。而孟子的这篇文章，虽通篇采用排比句式，却仍给人以行文简洁的印象，原因为孟子十分注意遣词用字，尽量扩充每一词语，尤其是动词的容量。排比句式和对仗句式，既使文章语气错落有致，又造成一种势不可当的气势，增强了文章的艺术性，有力地增强了论辩的说服力。

你还能列举几位在困境中振作精神、奋发努力而终于大有作为的人吗？请与大家分享。

报任安书（节选）

[西汉] 司马迁

古者富贵而名摩灭，不可胜记，唯倜傥①非常之人称焉。盖文王拘而演《周易》②；仲尼厄而作《春秋》③；屈原④放逐，乃赋《离骚》；左丘⑤失明，厥有《国语》⑥；孙子膑脚⑦，《兵法》修列；不韦⑧迁蜀，世传《吕览》；韩非⑨囚秦，《说难》《孤愤》；《诗》三百篇⑩，大底圣贤发愤之所为作也。此人皆意有所郁结，不得通其道，故述往事、思来者。乃如左丘无目，孙子断足，终不可用，退而论书策，以舒其愤，思垂空文以自见。

仆窃不逊⑪，近自托于无能之辞⑫，网罗天下放失⑬旧闻，略考其行事，综其终始，稽其成败兴坏之纪⑭，上计轩辕，下至于兹，为十表，本纪十二，书八章，世家三十，列传七十，凡百三十篇。亦欲以究天人之际，通古今之变，成一家之言。草⑮创未就，会遭此祸，惜其不成，是以就极刑而无愠⑯色。仆诚⑰以著此书，藏之名山，传之其人，通邑大都，则仆偿前辱之责，虽万被戮，岂有悔哉！然此可为智者道，难为俗人言也！

[知识驿站]

注释

① 倜傥：豪迈不受拘束。
② 文王拘而演《周易》：传说周文王被殷纣王拘禁在羑里时，把古代的八卦推演为六十四卦，成为《周易》的骨干。
③ 仲尼厄而作《春秋》：孔丘字仲尼，周游列国宣传儒道，在陈地和蔡地受到围攻和绝粮之苦，返回鲁国作《春秋》一书。
④ 屈原：曾两次被楚王放逐，幽愤而作《离骚》。
⑤ 左丘：春秋时鲁国史官左丘明。
⑥《国语》：史书，相传为左丘明撰著。
⑦ 孙子：春秋战国时著名军事家孙膑。膑脚：孙膑曾与庞涓一起从鬼谷子习兵法。后庞涓为魏惠王将军，骗膑入魏，割去了他的髌骨（膝盖骨）。孙膑有《孙膑兵法》传世。
⑧ 不韦：吕不韦，战国末年大商人，秦初为相邦。曾命门客著《吕氏春秋》（一名《吕览》）。始皇十年（前237年），令吕不韦举家迁蜀，吕不韦自杀。

⑨韩非：战国后期韩国公子，曾从荀卿学，入秦被李斯所谗，下狱死。著有《韩非子》，《说难》《孤愤》是其中的两篇。

⑩《诗》三百篇：今本《诗经》共有三百零五篇，此举其成数。

⑪窃：私下。不逊：不恭顺。

⑫近：就近。托：寄托。辞：文辞。

⑬网罗：搜集。失：读为"佚"。

⑭略考其行事，综其终始，稽其成败兴坏之纪：这一句在（苏教版）语文课本上为"考之行事，稽其成败兴坏之理"。考，考察。

⑮草：起草稿。

⑯愠：怒。

⑰诚：如果，一说"确实"。

译文

古时候，富贵而湮没不闻的人数不胜数，多得数不清，只有那些不为世俗所拘的卓异之士才能见称于后世。西伯姬昌被拘禁而推演《周易》；孔子受困窘而作《春秋》；屈原被放逐，才写了《离骚》；左丘明失去视力，才有《国语》。孙膑被截去膝盖骨，《兵法》才撰写出来；吕不韦被贬谪蜀地，后世才能流传《吕氏春秋》；韩非被囚禁在秦国，写出《说难》《孤愤》；《诗》三百篇，大都是一些圣贤们抒发愤懑而写作的。这些都是人们感情有压抑郁结不解的地方，不能实现其理想，所以记述过去的事迹，让将来的人了解他的志向。就像左丘明没有了视力，孙膑断了双脚，终生不能被人重用，便退隐著书立说来抒发他们的怨愤，想到活下来从事著书立说来表现自己的思想。

我私下里也自不量力，近来用我那不高明的文辞，收集天下散失的历史传闻，粗略地考订其事实，综述其事实的本末，推究其成败盛衰的道理，上自黄帝，下至于当今，写成十篇表，十二篇本纪，八篇书，三十篇世家，七十篇列传，一共一百三十篇，也是想探求天道与人事之间的关系，贯通古往今来变化的脉络，成为一家之言。刚开始着手写还没有完毕，恰恰遭遇到这场灾祸，我痛惜这部书不能完成，因此便接受了最残酷的刑罚而不敢有怒色。我如果真的写完了这部书，打算把它藏进名山，传给可传的人，再让它流传进都市之中，那么，我便抵偿了以前所受的侮辱，即便是让我遭到一万次杀戮，又有什么后悔的呢！然而这些话只能对智者去说，却很难向世俗之人讲清楚啊！

（参考资料：陈蒲清.轻松阅读无障碍 古文观止[M].长沙：湖南岳麓书社有限责任公司，2021.）

[作品档案]

司马迁（前145年或前135年—不可考），字子长，生于龙门（今陕西省韩城市），西汉史学家、文学家、思想家。司马谈之子，任太史令，被后世尊称为史迁、太史公。他以其"究天人之际，通古今之变，成一家之言"的史识创作了中国第一部纪传体通史《史记》（原名《太史公书》）。被公认为是中国史书的典范，该书记载了从上古传说中的黄帝时期，到汉武帝元狩元年（前122年），长达三千多年的历史，是"二十四史"之首，被鲁迅誉为"史家之绝唱，无韵之离骚"。

这篇文章节选自《报任安书》，是一封书信。此文叙述了历史上伟大人物是如何在艰难困苦时创作出流传千古的作品，进一步说明作者受腐刑后隐忍苟活的原因，是为了完成《史记》，且再次向任安表述其沉痛羞辱的愤懑心情，并陈说他对余生的看法，表现出作者遭受不幸但依然坚定高尚理想的决心。全文将说理和叙事融为一体，清晰透辟；语言丰富而生动，笔端饱蘸酸楚沉痛之情，具有独特的文学价值和历史价值。

我读我思

在生活和学习中，我们总会遇到各种磨难，甚至遭受挫折。请分享你是如何克服挫折而后收获成功的。

陋室铭[1]

[唐]刘禹锡

山不在[2]高,有仙则名[3]。水不在深,有龙则灵[4]。斯是陋室[5],惟吾德馨[6]。苔痕上阶绿,草色入帘青[7]。谈笑有鸿儒[8],往来无白丁[9]。可以调素琴[10],阅金经[11]。无丝竹之乱耳[12],无案牍之劳形[13]。南阳诸葛庐,西蜀子云[14]亭。孔子云:何陋之有[15]?

[知识驿站]

注释

[1] 陋室:简陋的屋子。铭:古代刻在器物上用来警诫自己或称述功德的文字,叫"铭",后来就成为一种文体。这种文体一般都是用骈句,句式较为整齐,朗朗上口。

[2] 在:在于,动词。

[3] 名:出名,名词用作动词。

[4] 灵:神奇、灵异。

[5] 斯是陋室:这是简陋的屋子。斯,指示代词,此,这。是,表肯定的判断动词。陋室,简陋的屋子,这里指作者自己的屋子。

[6] 惟吾德馨:只是因为我品德高尚就感觉不到简陋了。惟,只。吾,我。馨,散布很远的香气,这里指(品德)高尚。《尚书·君陈》:"黍稷非馨,明德惟馨。"

[7] 苔痕上阶绿,草色入帘青:苔痕蔓延到台阶上,使台阶都绿了;草色映入竹帘,使室内染上青色。上,长到。入,映入。

[8] 谈笑有鸿儒:谈笑间都是学识渊博的人。鸿儒,大儒,这里指博学的人。鸿,同"洪",大。儒,旧指读书人。

[9] 白丁:平民。这里指没有什么学问的人。

[10] 调(tiáo)素琴:弹奏不加装饰的琴。调,调弄,这里指弹(琴)。素琴,不加装饰的琴。

[11] 金经:现今学术界仍存在争议,有学者认为是指佛经(《金刚经》),也有人认为是装饰精美的经典(《四书五经》)。金,珍贵的。金者贵义,是珍贵的意思,儒释道的经典都可以说是金经。

[12] 丝竹:琴瑟、箫管等乐器的总称,丝,指弦乐器。竹,指管乐器。这里指奏乐的声

音。之：结构助词，用于主谓之间，取消句子独立性。乱耳：扰乱双耳。乱，形容词的使动用法，使……乱，扰乱。

⑬案牍（dú）：（官府的）公文，文书。劳形：使身体劳累。劳，形容词的使动用法，使……劳累。形，形体、身体。

⑭南阳：地名，今河南省南阳市。诸葛亮在出山之前，曾在南阳卧龙岗中隐居躬耕。诸葛亮，字孔明，三国时蜀汉丞相，著名的政治家和军事家，出仕前曾隐居南阳卧龙岗中。庐：简陋的小屋子。子云：扬雄，字子云，西汉时文学家，蜀郡成都人。

⑮孔子云：孔子说，云在文言文中一般都指说。何陋之有：即"有何之陋"，属于宾语前置。之，助词，表示强烈的反问，宾语前置的标志，不译。

译文

山不在于高，有了神仙就会有名气。水不在于深，有了龙就会有灵气。这是简陋的房子，只是我品德好就感觉不到简陋了。苔痕碧绿，长到台上，草色青葱，映入帘里。到这里谈笑的都是博学之人，来往的没有知识浅薄之人，可以弹奏不加装饰的琴，阅读各种典籍。没有弦管奏乐的声音扰乱耳朵，没有官府的公文使身体劳累。南阳有诸葛亮的草庐，西蜀有扬子云著书时居住过的草玄亭。孔子说：有什么简陋的呢？

(参考资料：《古汉语》编委会. 古汉语[M]. 北京：文化艺术出版社，2003.)

[**作品档案**]

刘禹锡（772—842年），字梦得，籍贯河南洛阳，生于河南郑州荥阳，自述"家本荥上，籍占洛阳"，自称是西汉中山靖王后裔。唐代文学家、哲学家，有"诗豪"之称。他在政治上主张革新，是王叔文派政治革新活动的中心人物之一。永贞革新失败后被贬为朗州（今湖南常德）司马。后任连州（今广东省连州市）刺史、夔州（今重庆市奉节县）刺史、和州（今安徽省和县）刺史。刘禹锡诗文俱佳，涉猎题材广泛，与白居易并称"刘白"，与柳宗元并称"刘柳"，与韦应物、白居易合称"三杰"。留下《陋室铭》《竹枝词》《杨柳枝词》《乌衣巷》等名篇。刘禹锡的哲学著作《天论》三篇，论述天的物质性，分析"天命论"产生的根源，具有唯物主义思想。著有《刘梦得文集》《刘宾客集》。

《陋室铭》作于刘禹锡和州任上，是一篇托物言志的骈体铭文。此文层次明晰，先以山水起兴，点出"斯是陋室，惟吾德馨"的主旨，接着从室外景、室内人、室中事方面着笔，渲染陋室不陋的高雅境界。作者还引用了古代杰出人物的居所和古代圣人的言论来加强文中的意境，并以反问的方式结束，使文章余韵悠长。

在语言表达上，文章多用四字句、五字句，有对偶句，有排比句，只有最后一句是散文句式，句式整齐而又富于变化，文字精练而又清丽，音调和谐，音节铿锵。全文短短八十一字，篇幅极短，格局甚大；文章想象广阔，蕴含深厚，有咫尺藏万里之势。作者借赞美陋室抒写自己志行高洁，安贫乐道，不与世俗同流合污的崇高意趣。

与同学交流一下，在物质生活日益丰富的今天，应该如何看待作者所说的"惟吾德馨"？

菜根谭·修省

[明] 洪应明

欲做精金美玉的人品，定从烈火中煅来；思立掀天揭地的事功，须向薄冰上履过。

一念错，便觉百行皆非，防之当如渡海浮囊，勿容一针之罅（xià）漏；万善全，始得一生无愧。修之当如凌云宝树，须假众木以撑持。

忙处事为，常向闲中先检点，过举自稀。动时念想，预从静里密操持，非心自息。

为善而欲自高胜人，施恩而欲要名结好，修业而欲惊世骇俗，植节而欲标异见奇，此皆是善念中戈矛，理路上荆棘，最易夹带，最难拔除者也。须是涤尽渣滓，斩绝萌芽，才见本来真体。

能轻富贵，不能轻一轻富贵之心；能重名义，又复重一重名义之念。是事境之尘氛未扫，而心境之芥蒂未忘。此处拔除不净，恐石去而草复生矣。

纷扰固溺志之场，而枯寂亦槁心之地。故学者当栖心元默，以宁吾真体。亦当适志恬愉，以养吾圆机。

昨日之非不可留，留之则根烬复萌，而尘情终累乎理趣；今日之是不可执，执之则渣滓未化，而理趣反转为欲根。

无事便思有闲杂念想否。有事便思有粗浮意气否。得意便思有骄矜辞色否。失意便思有怨望情怀否。时时检点，到得从多入少、从有入无处，才是学问的真消息。

士人有百折不回之真心，才有万变不穷之妙用。立业建功，事事要从实地着脚，若少慕声闻，便成伪果；讲道修德，念念要从虚处立基，若稍计功效，便落尘情。

身不宜忙，而忙于闲暇之时，亦可傲惕惰气；心不可放，而放于收摄之后，亦可鼓畅天机。

钟鼓体虚，为声闻而招击撞；麋鹿性逸，因豢养而受羁縻。可见名为招祸之本，欲乃散志之媒。学者不可不力为扫除也。

一念常惺，才避去神弓鬼矢；纤尘不染，方解开地网天罗。

一点不忍的念头，是生民生物之根芽；一段不为的气节，是撑天撑地之柱石。故君子于一虫一蚁不忍伤残，一缕一丝勿容贪冒，变可为万物立命、天地立心矣。

拨开世上尘氛，胸中自无火焰冰竞；消却心中鄙吝，眼前时有月到风来。

学者动静殊操、喧寂异趣，还是锻炼未熟，心神混淆故耳。须是操存涵养，定云止水中，有鸢飞鱼跃的景象；风狂雨骤处，有波恬浪静的风光，才见处一化齐之妙。

心是一颗明珠。以物欲障蔽之，犹明珠而混以泥沙，其洗涤犹易；以情识衬贴之，犹明珠而饰以银黄，其洗涤最难。故学者不患垢病，而患洁病之难治；不畏事障，而畏理障之难除。

躯壳的我要看得破，则万有皆空而其心常虚，虚则义理来居；性命的我要认得真，则万理皆备而其心常实，实则物欲不入。

面上扫开十层甲，眉目才无可憎；胸中涤去数斗尘，语言方觉有味。

完得心上之本来，方可言了心；尽得世间之常道，才堪论出世。

我果为洪炉大冶，何患顽金钝铁之不可陶熔。我果为巨海长江，何患横流污渎之不能容纳。

白日欺人，难逃清夜之鬼报；红颜失志，空贻皓首之悲伤。

以积货财之心积学问，以求功名之念求道德，以爱妻子之心爱父母，以保爵位之策保国家，出此入彼，念虑只差毫末，而超凡入圣，人品且判星渊矣。人胡不猛然转念哉！

立百福之基，只在一念慈祥；开万善之门，无如寸心挹损。

塞得物欲之路，才堪辟道义之门；驰得尘俗之肩，方可挑圣贤之担。

容得性情上偏私，便是一大学问；消得家庭内嫌雪，才为火内栽莲。

事理因人言而悟者，有悟还有迷，总不如自悟之了了；意兴从外境而得者，有得还有失，总不如自得之休休。

情之同处即为性，舍情则性不可见，欲之公处即为理，舍欲则理不可明。故君子不能灭情，惟事平情而已；不能绝欲，惟期寡欲而已。

欲遇变而无仓忙，须向常时念念守得定；欲临死而无贪恋，须向生时事事看得轻。

一念过差，足丧生平之善；终身检饬，难盖一事之愆。

从五更枕席上参勘心体，气未动，情未萌，才见本来面目；向三时饮食中谙练世味，浓不欣，淡不厌，方为切实工夫。

[知识驿站]

译文

一个人要想练就纯金美玉般的人格品行，一定要如同烈火炼钢般经历艰苦磨炼；一个人要想建立惊天动地的事业功绩，必须如履薄冰般经历险峻的考验。

一念之差铸成错事，便觉事事不如意，处处难作为。因此，防止出错应当如同防止借以渡海的浮水皮囊出现缝隙漏洞一样，哪怕针眼大小的漏洞也不行。万种善良品德齐聚一身，才能让一生不再感到有什么惭愧。因此，如同培植高耸入云的参天大树需要凭借众多树木的支撑扶持一样，需要多多积累善良品德。

一个人总是忙忙碌碌，但在闲暇时一定要及时检点反省自己，以减少过分举动之类的错误。行动时的各种设想，如能预先心平气和地周密规划部署，行动时就可以控制自己的急躁情绪和各种妄念。

做了好事总想着趁机抬高自己超过别人，给人一点恩惠总想着借此结交好友，做了点功德总想着让世人惊骇，树立节操总想着标新立异，这些都是好的思想中的不良倾向，也是追求义理道路上的障碍，最容易混杂夹带，最难拔除。这些私心杂念必须全部清除干净，断绝它的萌芽之根，如此才能显现人心向善的真实本体。

能够轻视富贵，心中却摆脱不了渴望富贵的心思；能够重视名义，心中却念念不忘名义之外的名声。这是因为在现实社会中并没有摆脱世俗的影响，而内心世界存有各种私心杂念。这些私心杂念不消灭干净，则如石头之下的小草，一旦石头移去，小草就会重新生长。

社会的纷乱骚扰固然会沉溺心志，而归隐山林的枯燥寂寞也让人心气渐消。所以读书做学问的人应当从自己的内心寻求安静闲适，以保持本我志向不受干扰；也应当适当地从事一些恬淡愉快的活动，以培养圆通机变的心机。

过去的错误不可以保留，否则它会寻得机会再次萌发，其中的世俗之情终要伤害你的义理情趣；现在正确的也不可以过于执着，过于执着就会激起心中残存的私心杂念，如此则义理情趣又为情欲所控制。

无所事事时多想想自己有没有闲杂念头，有事忙碌时则想想自己有没有粗率浮躁意气用事，人生得意时多想想自己有没有骄傲自负的言语和表情，人生失意时多想想自己有没有怨天尤人。经常这样反省检点自己，最终会发现自己的缺点错误越来越少，以至于无，这才是做学问到了高境界。

读书人要有百折不回的坚强意志和决心，才能学到随机应变、用之不尽的奇妙智慧。要想建功立业，就要脚踏实地干好每一件事情。如果心存哪怕一丁点羡慕虚名的念头，就难成正果。要想修心养德，就要专心于心性道德的修养。如果总想着计较功利得失，则落入世俗之中。

不要让自己忙忙碌碌，但在闲暇之时找些事做，可以让自己避免陷入懈怠懒惰之中；不要让自己心志放松，但在高度紧张之后适当放松，可以让自己心气高涨，精神振奋。

钟和鼓形体空虚，为了声音的传布而招致敲打撞击；麋和鹿本性喜欢野外奔跑，因贪恋豢养的舒适而被羁绊，失去自由。可见，追求声名会招致灾祸，贪图利欲会涣散心志，读书做学问的人不可以不努力清除这些东西。

每一念头都保持清醒的头脑，这样就可以避开冷枪暗箭的攻击；洁身自好不染纤尘，这样就可以冲破天罗地网般的各种威逼利诱。

哪怕存有一点点不忍心的想法，就可以让百姓或万物获得生长的机会；哪怕树立起一点点有所不作为、肯舍弃的气度节操，也是形成支撑天地的基础。所以，品德高尚又有见识的人对一虫一蚁也不忍心伤害，对丝线小利也不去贪占，这样就可为世间万物安立生机，为天地人间树立心魂了。

拨去人世间的尘俗气氛，胸中便没有各种欲望或是人情冷漠的煎熬折磨；消除抛却内心里的鄙俗吝情，眼前便时常会有明月清风，心胸何等酣畅。

读书做学问的人，如果于一动一静、一闹一静中操行殊异，这还是缺少锻炼、心神混杂未成熟的缘故。必须修炼操行涵养，于风平浪静中看到鸢飞鱼跃，于狂风暴雨中看到恬静风光，这才显出以不变应万变、视万物如一之高妙修养。

心似一颗明亮的珍珠。用物质欲望遮蔽它，犹如明珠混杂于泥土沙石，清洗起来还算容易；用才情见识包装它，犹如明珠被装饰上白银黄金，要清洗辨认最为困难。所以读书做学问的人因不爱干净而得的病好治，而洁癖难治；不怕被具体的事困扰阻碍，而是怕被某种思想蒙蔽了头脑。

我的身躯如壳，看破了，则万物皆空，就可以虚心学习义理；我的性命实存，须是认真对待，如此则学会各种道理而让心灵充实，心灵充实就不会受物欲的侵扰。

脸面上洗去十层盔甲般的灰尘，容貌才净洁而不令人生厌；心胸中涤荡数斗尘土，谈吐才会让人感到有滋有味。要时常给自己的心灵洗澡。

将自己心之本来彻底完善，才可以说了然自己的心性；阅尽世间的常识道理，才有资格谈论超脱人世的道理。

我果真是炼钢的洪大火炉，何必担心坚硬金属笨重铁石难以熔炼？我果真是巨大的海洋长长的江河，何必担心四处横流的污浊沟渠不能容纳？

白天做了欺负人的事，夜深人静时难免自感愧疚；年轻时丧失意志，年老时只能留下悔恨和悲伤。

用积聚货物财产的心思积聚学问，用求取功名的意志追求道德，用爱护妻子儿女的心意敬爱父母，用保持爵号官位的策略保卫国家，或这样或那样，其心思似乎差别不大，但是，如果不是从普通人的角度看，而是从圣人的角度看，从追求至高人品的角度看，其差异有天壤之别。你难道还不猛醒吗？

一个念头的慈爱祥和就可建立百般幸福的根基，而要开启万般善良的大门，最好的办法是抑制自己的任何一点点私心杂念。

只有堵塞个人物欲之路，才能开辟道德义理之门；只有摈弃凡尘世俗之累，才可担当圣人贤达之责。

忍得别人性情上的偏狭，就是懂得为人处世之道；消除自家人的怨恨纷争，才可称得上有如火海内栽种莲花的功夫。

事理因为别人的劝导而领悟的，难免有些领悟有些依然迷惑，总是比不上自己搞清楚了来得透彻；意境兴致从外界情境得到的，似有所得还有所失，总是比不上自己内心感悟到的来得安逸快乐。

众人情感志趣相同之处即为人的秉性，舍弃了情感志趣，人的秉性也就找不到了；众人公认的欲望欲念就是义理，没有了欲望欲念，义理就说不清了。所以，品德高尚又有见识的人不是消灭情感志趣，只是不宜遇事冲动而已；也不是禁绝欲望欲念，只是希望适当克制而已。

想要在遭遇变故时不仓促慌忙，平时就应当深思熟虑，意志坚定；想要在临死时不再贪惜留恋什么，活着时就应当凡事看得轻淡些。

一念之差，一生所行善事足可丧失殆尽；一生谨慎检点，也难掩盖曾经犯过的一次过错。

清晨起床时即审视反省自己，此时心气较平静，性情未萌动，更能把握自己的内在本性；一日三餐中可以学习体验人世百味，如果饭菜味浓而不欣喜，清淡而不厌弃，这就有了扎扎实实的处世功夫。

（参考资料：洪应明.重读经典之菜根谭[M].丁良艳，张晨，校注.郑州：河南人民出版社，2021.）

[作品档案]

洪应明，字自诚，号还初道人，籍贯不详，生活在明神宗万历年间，有《菜根谭》传世。根据他的另一部作品《仙佛奇踪》得知，他早年热衷于仕途功名，晚年归隐山林，洗心礼佛。万历三十年（1603年）前后曾居住在南京秦淮河一带，潜心著述。与袁黄、冯梦桢等人有所交往。

本篇是《菜根谭》的一部分。《菜根谭》是一部以语录体行世、融儒释道三家人生哲学的修身处世之书。该书内容包括修省、应酬、评议、闲适、概论五部分，可明心，可补过，可进德。故内中诸多精辟词语，早已被名人学者引用，成为封建社会修身处世之铭。

中国传统文化中有很多关于修身自省的内容，你能列举一些分享给同学们吗？

朗读训练

文学名著节选的朗读

文学名著主要指小说，有情节，有人物，篇幅较长，需要多种技巧才能朗读好。朗读者的主要精力应该放在表现典型环境和典型性格上。

要想朗读好文学名著节选，朗读者一定要通读全篇，深刻地分析它，努力地理解它，具体地感受它。然后，充分认识和确切把握节选部分与全篇的关系——是全篇的哪个部分，居于什么位置，占有什么分量，体现了什么主题思想，具有什么样的独立性？主要人物的思想发展到了什么阶段？起点如何，走向怎样，人物的性格特征揭示到什么程度，故事的情节下一步怎么发展？未来人物的命运是怎样的？等等。如果只局限在节选部分上，情节、人物的来龙去脉都搞不清楚，那是很难朗读好的。

在朗读文学名著（小说）节选时，最不容易表达的是小说中人物的语言。人物的语言，是显示人物性格特征的主要标志，每个人物都应该有自己的语言，人物的语言都是随着人物性格的形成、发展而变化的。朗读人物的语言，不可与叙述性、描写性语言混同。叙述性、描写性语言犹如朗读者自己的话，心理过程连贯，声音气息前后统一。而要朗读好人物的语言，朗读者就要根据作品对人物的介绍、描写，设计出人物的基本语气；朗读到这个人物的语言时，就以这基本语气为基础，进行这个人物特有的语气表达。

小说的朗读仍然要保持朗读的特点。朗读者不要去扮演小说中的人物，不要变成独角戏的演员。只需在自己的表达上更多地注意由这一人物的话到另一人物的话的转换，显示出不同人物的心理发展变化线，并不着重在"惟妙惟肖"上。这是朗读与表演的重要区别之一。

良工匠心——传习远韵篇

导读

在古代,"工"和"匠"连在一起统称为"工匠",通常指有专门技术或手艺才能的人。历史遗留的浩如烟海的文物和历史建筑都表明:中国古代在器物制备和工程建造上都曾处于世界领先水平。对制作工艺的能力和精致的要求,以及既有一颗以道德精神为中心的工匠心,又有坚持把作品做巧的极致体现,这些都是塑造我国古代工匠精神的核心原生动力:对自己职业的虔诚、敬畏,忘名忘利,本着良心做产品的信念,从而实现基本的道德要求。

从广义上讲,工匠不单单是只有工艺特长的一类人,还包括社会中在不同行业扮演不同角色的每一个独立的个体。社会在发展,离不开各类"工匠"饱满精神的投入。每一位工匠身上都承载着自己的职业态度,执着地坚守制作的产品,守得住内心的宁静。工匠精神指的是工匠们根据顾客或各行各业的需求进行产品创造,对自己所从事的事业执着地坚持,既不放弃也不改变自己的初心,对自己的手艺有超乎寻常的艺术追求。工匠们专心工作,一项工作一做就是一辈子;工匠精神实际上是敬业精神,是对事业的尊敬,是对手艺有超强要求的术业之敬。"认真严谨、一丝不苟"是工匠精神的态度,一次就把事情做对做好,对于任何事情都尽心尽力,采取严格的检测标准,不容许一丝一毫的投机取巧,并且工作态度严肃、谨慎。"精益求精、耐心坚持"是工匠精神永恒的追求。

古剑①篇

[唐] 郭 震

君不见昆吾铁冶飞炎②烟，红光紫气俱赫然③。
良工锻炼凡④几年，铸得宝剑名龙泉⑤。
龙泉颜色如霜雪，良工咨嗟⑥叹奇绝。
琉璃玉匣吐莲花，错镂金环映⑦明月。
正逢天下无风尘⑧，幸得周防⑨君子身。
精光黯黯⑩青蛇色，文章⑪片片绿龟鳞。
非直结交游侠子⑫，亦曾⑬亲近英雄人。
何言中路遭弃捐⑭，零落漂沦古狱边⑮。
虽复尘埋⑯无所用，犹能夜夜气冲天。

[知识驿站]

注释

① 古剑：指古代著名的龙泉宝剑。
② 昆吾：传说中的山名。相传山有积石，冶炼成铁，铸出宝剑光如水精，削玉如泥。石为昆吾，剑名昆吾，皆以山得名。铁冶：即冶铁的工场。炎：指火光上升。
③ 红光：指火光。紫气：即剑气。赫然：光明闪耀的样子。
④ 凡：即共，一作"经"。
⑤ 龙泉：浙江省龙泉县（今龙泉市）有水，曾有人就此水淬剑，剑化龙飞去，因此此剑便名龙泉剑（《太平寰宇记》）。
⑥ 咨嗟：即赞叹。
⑦ 错镂：指错彩、镂金。金环：指刀剑上装饰的带金的环。映：一作"生"。
⑧ 风尘：指烽烟，借指战争。
⑨ 幸：庆幸。周防：即周密防卫。周，一作"用"。
⑩ 黯黯：同"暗暗"，指幽暗而不鲜明。
⑪ 文章：指剑上的花纹。
⑫ 直：同"只"。游侠子：指古代那些轻生重义、勇于救人急难的英雄侠士。

⑬ 曾：一作"常"。

⑭ 中路：即中途。弃捐：指抛弃。

⑮ 零落漂沦古狱边：据《晋书·张华传》载，晋张华见天上有紫气，使雷焕察释。雷焕曰："宝剑之精上彻于天。"张华使雷焕寻剑，雷焕于江西省丰城县（今丰城市）狱屋基下掘得一石函，中有双剑，上刻文字，一名龙泉，一名太阿。漂，一作"飘"。

⑯ 尘埋：为尘土埋没。

译文

你难道没有看到昆吾的宝石被炼成宝剑，通红的炉火，剑锋上射出紫色的光焰？

良工巧匠们不知经过多少年的锻造冶炼，才铸出这把名叫"龙泉"的宝剑。

剑工自己也得意非凡地惊叹，锃亮得如雪如霜寒芒四闪。

像琉璃玉匣里吐出一朵白莲，剑柄上的金环是日月的光辉镀染。

此剑出世，正逢天下没有战争，好庆幸被君子佩带防身。

耀眼的剑芒像青蛇游动，鞘上的花纹如浮起绿色的龟鳞。

不只是游侠们见了十分珍爱，英雄豪杰亦曾格外钟情。

为什么要一个劲儿地说它曾中途遭到抛弃，飘零沦落在荒凉的古狱旁边呢？

虽然被泥土掩埋不能发挥作用，但其赫赫剑气形成的不凡光焰仍然夜夜照亮了夜空。

（参考资料：于海娣，等.唐诗鉴赏大全集[M].北京：中国华侨出版社，2010.）

[作品档案]

郭震一般指郭元振。郭元振（656—713年），名震，字元振，以字行，魏州贵乡（今河北省邯郸市大名县）人，唐朝名将、宰相。郭元振进士出身，授通泉县尉，后得到武则天的赞赏，被任命为右武卫铠曹参军，又进献离间计，使得吐蕃发生内乱。唐玄宗骊山讲武，郭元振因军容不整之罪，被流放新州，后在赴任饶州司马途中，抑郁病逝。

《古剑篇》是一首咏物言志的七言古诗。此诗通篇叙写龙泉古剑，赞颂其千锤百炼、霜刃如雪、锋利无比、纹理精美、百折不挠，其实是在抒写诗人自己的胸襟。全诗比喻贴切、意思显豁、层次清晰；格调豪壮雄健、气魄非凡，在雄奇中又含秀美，洋溢着一股雄豪剑气。

诗人用古代造就的宝剑比喻当时沦没的人才，贴切而易晓。从托物言志看，诗的开头借干将铸剑故事以喻自己素质优秀，陶冶不凡；其次赞美宝剑的形制和品格，以自显其一表人才，风华正茂；再次称道宝剑在太平年代虽乏用武之地，也曾为君子佩用，助英雄行侠，以显示自己操守端正，行为侠义；最后用宝剑沦落的故事，以自信终究不会埋没，吐露不平。作者这番夫子自道，理直气壮地表明：人才早已造就，存在，起过作用，可惜被埋没了，必须正视这一现实，应当珍惜、辨识、发现人才，把埋没的人才挖掘出来。这就是它的主题思想，也是它的社会意义。在封建社会，面对至高至尊的皇帝，敢于写出这样寓意显豁、思想尖锐、态度严正的诗歌，其见识、胆略、豪气是可贵可敬的。对压抑于下层的士子有激发感奋的作用。这首诗的意义和影响由此，成功也由此。

我读我思

《古剑篇》全诗句句写剑，实则以剑喻人，请分析诗中所表现的人物形象。

秋浦①歌十七首（其十四）

[唐]李 白

炉火②照天地，红星乱紫烟。
赧郎③明月夜，歌曲动寒川。

[知识驿站]

注释

①秋浦：县名，唐时先属宣州，后属池州，在今安徽省池州市贵池区西。秋浦因流经县城之西的秋浦河得名。

②炉火：唐代，秋浦乃产铜之地。此指炼铜之炉火。

③赧（nǎn）郎：红脸汉。此指炼铜工人。赧，原指因羞愧而脸红，此指脸被炉火所映红。

译文

炉火熊熊燃烧，红星四溅，紫烟蒸腾，广袤的天地被红彤彤的炉火照得通明。

炼铜工人在明月之夜，一边唱歌一边劳动，他们的歌声打破幽寂的黑夜，震荡着寒天中的河流。

（参考资料：詹福瑞，等. 李白诗全译[M]. 石家庄：河北人民出版社，1997.）

[作品档案]

李白（701—762年），字太白，号青莲居士，又号"谪仙人"，祖籍陇西成纪（今甘肃省秦安县），出生于蜀郡绵州昌隆县（一说出生于西域碎叶）。唐代伟大的浪漫主义诗人，被后人誉为"诗仙"，与杜甫并称为"李杜"。

《秋浦歌十七首·其十四》是一首五言诗。这是一首正面描写和歌颂冶炼工人的诗歌，在中国浩如烟海的古典诗歌中较为罕见，因而极为可贵。诗前二句呈现出一幅色调明亮、气氛热烈的冶炼场景；后二句转入对冶炼工人形象的描绘。诗人以粗犷的线条，略加勾勒，便使冶炼工人雄伟健壮的形象跃然纸上。此诗展现出冶炼工人勤劳、朴实、热情、豪爽、乐观的性格，字里行间饱含着诗人的惊叹、赞美和歌颂之情。

我读我思

　　本诗描写的是正在从事紧张劳动的冶炼工人,这类形象不仅在李白的诗中是绝无仅有,就是在中国整个诗歌艺术宝库中也是十分罕见的。谈谈你对这首诗的理解。

李凭箜篌引①

[唐] 李 贺

吴丝蜀桐张高秋②,空山凝云颓不流③。
江娥啼竹素女④愁,李凭中国⑤弹箜篌。
昆山玉碎凤凰叫⑥,芙蓉泣露香兰笑⑦。
十二门前融冷光⑧,二十三丝动紫皇⑨。
女娲⑩炼石补天处,石破天惊逗秋雨⑪。
梦入神山教神妪⑫,老鱼跳波⑬瘦蛟舞。
吴质⑭不眠倚桂树,露脚斜飞湿寒兔⑮。

[知识驿站]

注释

①李凭:当时的梨园艺人,善弹奏箜篌。箜篌引:乐府旧题。箜篌,古代弦乐器,又名空侯、坎侯,形状有多种。据诗中"二十三丝",可知李凭弹的是竖箜篌。引,一种古代诗歌体裁,篇幅较长,音节、格律一般比较自由,形式有五言、七言、杂言。
②吴丝蜀桐:吴地之丝,蜀地之桐。此指制作箜篌的材料。张:调好弦,准备弹奏。高秋:指弹奏时间。这句说在深秋天气弹奏起箜篌。
③空山凝云颓不流:空山,一作"空白"。《列子·汤问》:"秦青抚节悲歌,响遏行云。"此句言山中的行云因听到李凭弹奏的箜篌声而凝定不动了。
④江娥:一作"湘娥"。李衎《竹谱详录》卷六:"泪竹生全湘九疑山中……《述异记》云:'舜南巡,葬于苍梧,尧二女娥皇、女英泪下沾竹,文悉为之斑。'一名湘妃竹。"素女:传说中的神女。《汉书·郊祀志上》:"秦帝使素女鼓五十弦瑟,帝禁不止,故破其瑟为二十五弦。"这句说乐声使江娥、素女都感动了。
⑤中国:即国之中央,意谓在京城。
⑥昆山玉碎凤凰叫:昆仑玉碎,形容乐音清脆。昆山,即昆仑山。凤凰叫,形容乐音和缓。
⑦芙蓉泣露香兰笑:形容乐声时而低回,时而轻快。
⑧十二门前融冷光:十二门,长安城东西南北每一面各三门,共十二门,故言。这句

是说清冷的乐声使人觉得长安城沉浸在寒光之中。

⑨二十三丝：《通典》卷一百四十四："竖箜篌，胡乐也，汉灵帝好之，体曲而长，二十三弦。竖抱于怀中，用两手齐奏，俗谓之擘箜篌。"紫皇：道教称天上最尊的神为"紫皇"。这里用来指皇帝。

⑩女娲：中华上古之神，人首蛇身，为伏羲之妹，风姓。《淮南子·览冥训》和《列子·汤问》载有女娲炼五色石补天的故事。

⑪石破天惊逗秋雨：补天的五色石（被乐音）震破，引来了一场秋雨。逗，引。

⑫神山：一作"坤山"。神妪（yù）：《搜神记》卷四："永嘉中，有神现兖州，自称樊道基。有妪号成夫人。夫人好音乐，能弹箜篌，闻人弦歌，辄便起舞。"所谓"神妪"，疑用此典。从这句以下写李凭在梦中将他的绝艺教给神仙，惊动了仙界。

⑬老鱼跳波：鱼随着乐声跳跃。源自《列子·汤问》："瓠巴鼓琴而鸟舞鱼跃。"

⑭吴质：即吴刚。《酉阳杂俎》卷一："旧言月中有桂，有蟾蜍。故异书言月桂高五百丈，下有一人常斫之，树创随合。人姓吴名刚，西河人，学仙有过，谪令伐树。"

⑮露脚：露珠下滴的形象说法。寒兔：指秋月，传说月中有玉兔，故称。

译文

秋夜弹奏起吴丝蜀桐制成的精美箜篌，听到美妙的乐声，山上的白云都凝聚起来不再飘游。

湘娥把点点泪珠洒满斑竹，九天素女也被牵动满腔忧愁；这高妙的乐声从哪儿传出？是乐工李凭在京城弹奏箜篌。

乐声清脆得就像昆仑山的美玉被击碎，凤凰在鸣叫；时而又像芙蓉在露水中饮泣，像兰花迎风开放笑语轻柔。

清冷的乐声让人觉得长安城沉浸在寒光之中；二十三根弦丝高弹轻拨，帝王的心弦也被乐声打动。

高亢的乐声直冲云霄，冲上女娲炼石补过的天际；好似补天的五彩石被击破，引落了漫天绵绵秋雨。

幻觉中仿佛看见乐工进入了神山，把技艺向神女传授；湖中老鱼兴奋得在波中跳跃，潭中瘦蛟也翩翩起舞乐悠悠。

月宫中吴刚被乐声吸引，彻夜不眠在桂树下徘徊逗留；桂树下的兔子也伫立聆听，不顾露珠斜飞寒飕飕！

（参考资料：徐中玉，金启华. 中国古代文学作品选（一）[M]. 上海：华东师范大学出版社，1999.）

[作品档案]

李贺(约790—约817年),字长吉,唐代河南福昌(今河南洛阳市宜阳县)人,家居福昌昌谷,后世称李昌谷。"长吉体"诗歌的开创者,有"诗鬼"之称,是与"诗圣"杜甫、"诗仙"李白、"诗佛"王维相齐名的唐代著名诗人。著有《昌谷集》。李贺是中唐的浪漫主义诗人,与李白、李商隐称为"唐代三李",有"太白仙才,长吉鬼才"之说。李贺是继屈原、李白之后,中国文学史上又一位颇享盛誉的浪漫主义诗人。李贺因长期抑郁感伤以及焦思苦吟的生活方式而身体抱恙。元和十一年(816年),强撑病躯,回到昌谷故居,整理所存诗作,不久病卒,时年二十七岁(一说二十四岁)。

《李凭箜篌引》是一首音乐诗。此诗使用一连串出人意料的比喻,传神地再现了乐工李凭创造的诗意浓郁的音乐境界,表现其弹奏箜篌的高超技艺,也展示出诗人对乐曲的深刻理解和丰富的艺术想象力。全诗语言峭丽,构思新奇,独辟蹊径,对乐曲本身,仅用两句略加描摹,而将大量笔墨用来渲染乐曲惊天地、泣鬼神的震撼效果,运用了大量的联想、想象和神话传说,使作品充溢着浪漫主义气息。

我读我思

音乐是一种诉诸听觉的艺术,音乐形象比较抽象,难以捉摸,要用文字将其妙处表达出来就更困难了。你认为李贺这首诗中所描写的音乐具有怎样的独到之处?

惜华佗①

[明] 罗贯中

华佗仙术比长桑②,神识如窥垣一方③。
惆怅④人亡书亦绝,后人无复见青囊⑤。

[知识驿站]

注释

① 摘自《三国演义》第七十八回。
② 长桑:即长桑君。战国时名医扁鹊的老师。
③ 神识:出神入化般的见识。垣一方:墙的另一面。《史记·扁鹊传》记载:扁鹊"少时为人舍长。舍客长桑君过,扁鹊独奇之,常谨遇之。长桑君亦知扁鹊非常人也。出入十余年,乃呼扁鹊私坐,闲与语曰:'我有禁方,年老,欲传与公,公毋泄。'扁鹊曰:'敬诺'乃出其怀中药予扁鹊:'饮是以上池中水,三十日当知物矣。'乃悉取其禁方书尽与扁鹊。忽然不见,殆非人也。扁鹊以其言饮药三十日,视见垣一方人。以此视病,尽见五脏症结,特以诊脉为名耳"。
④ 惆怅:因失望而哀伤。
⑤ 青囊:传说华佗所著的医书。

译文

华佗的医术高明得像长桑君一样,对病情的了解就好像他亲眼看到一样,可以称得上是一方的守护神。

令人惋惜的是他人去世了,著作也没有流传,后来的人不会再见到完整的《青囊书》了。

(参考资料:胡献国,罗新玉.三国演义与中医[M].武汉:湖北科学技术出版社,2016.)

[作品档案]

罗贯中(约1330—约1400年),名本,字贯中,号湖海散人,太原人。元末明初小说家。罗贯中是中国最早的章回体小说之一、"历史演义"类型的开山之作《三国演义》的作者,而且被认为开创了章回体小说先河的"英雄传奇"《水浒传》和"神魔小说"《三遂平妖传》的作者都有罗贯中,而另一大类"世情小说"则源自改编自《水浒传》情节的《金瓶梅》。

由此可以认为，罗贯中一人担当了中国古典长篇章回体小说四大主要类别的鼻祖（或鼻祖之一），对中国小说的发展有划时代的意义。有人甚至称罗贯中为"中国古代小说之王"。

中国传统文化蕴藏着丰富的宝藏，我们应该如何传承与发展传统文化？

赠昊十九 ①

[明] 樊玉衡

宣窑薄甚永窑厚②，天下知名昊十九。
更有小诗清动人，匡庐③山下重回首。

[知识驿站]

注释

① 昊十九：又名昊为，景德镇人。生于明嘉靖前期，卒于明万历后期，明代制瓷名家。聪明过人，工诗善画，所制瓷器，精美绝伦。

② 宣窑：宣德窑。明宣德年间（1426—1435 年）于江西景德镇所设的官窑。所选瓷器选料、制样、画器、题款，无一不精。永窑：永乐窑。明永乐年间（1403—1424 年）景德镇官窑名。烧制的瓷器甚薄。以甜白最常见，半脱胎者最著名，鲜红色最宝贵。所造压手杯，式样精妙，为传世珍品。李晔的《紫桃轩杂缀》记载："（昊十九）所制瓷器，妙绝人巧……又杂作宣、永二窑者，俱逼真者。"永乐窑的胎体练泥发酵充分，修坯水平高超，大件器物可以做成上薄下厚，视觉上丰腴而实际重量偏轻，但后代仿制者达不到同样的工艺水准，把永乐器仿得胎体厚重，所谓"永窑厚"可能是受了仿品的干扰。

③ 匡庐：庐山。耸峙于长江中下游平原与鄱阳湖畔，以雄、奇、险、秀闻名于世，被誉为"人文圣山"，素有"匡庐奇秀甲天下"之誉，是首批国家级风景名胜区，世界文化遗产，中华十大名山之一，首批世界地质公园。

译文

不管是宣窑还是永窑出产的瓷器，只要是昊十九做的那一定是精品。

他不仅做的瓷器好，而且小诗写得也很有文采，令人佩服。期待与他在庐山下再次相会。

（参考资料：龚农民，谢景星，童光侠.景德镇历代诗选[M].郑州：中州古籍出版社，1994.）

[作品档案]

樊玉衡，字以齐，湖北黄冈人。明神宗万历十一年（1583 年）进士，官至太常寺少卿。此诗是明代万历（1573—1620 年）年间任御史的樊玉衡赠给昊十九的一首诗，诗中表达了他们之间的友谊,并高度赞扬了昊十九的制瓷技艺与文才。

你认为大国工匠有哪些特质?

庖丁解牛

[先秦] 庄 子

庖丁为文惠君解牛①，手之所触，肩之所倚，足之所履，膝之所踦②，砉然向③然，奏刀騞然④，莫不中音。合于《桑林》⑤之舞，乃中《经首》之会⑥。

文惠君曰："嘻⑦，善哉！技盖⑧至此乎？"

庖丁释刀对曰："臣之所好者道也，进⑨乎技矣。始臣之解牛之时，所见无非牛者。三年之后，未尝见全牛也。方今之时，臣以神遇而不以目视，官知止而神欲⑩行。依乎天理⑪，批大郤⑫，导大窾⑬，因其固然⑭，技经肯綮之未尝⑮，而况大軱⑯乎！良庖岁更刀，割⑰也；族⑱庖月更刀，折⑲也。今臣之刀十九年矣，所解数千牛矣，而刀刃若新发于硎⑳。彼节者有间㉑，而刀刃者无厚；以无厚入有间，恢恢乎㉒其于游刃必有余地矣，是以十九年而刀刃若新发于硎。虽然，每至于族㉓，吾见其难为，怵然㉔为戒，视为止，行为迟。动刀甚微，謋㉕然已解，如土委地㉖。提刀而立，为之四顾，为之踌躇满志，善刀而藏之㉗。"

文惠君曰："善哉！吾闻庖丁之言，得养生㉘焉。"

[知识驿站]

注释

① 庖（páo）丁：名丁的厨工。先秦古书往往以职业放在人名前。文惠君：即梁惠王，也称魏惠王。解牛：宰牛，这里指把整个牛体开剥分剖。

② 踦（yǐ）：支撑，接触。这里指用一条腿的膝盖顶牛。

③ 砉（xū）然：象声词，皮骨相离的声音。向：同"响"。

④ 騞（huō）然：象声词，形容比砉然更大的进刀解牛声。

⑤ 《桑林》：传说中商汤时的乐曲名。

⑥ 《经首》：传说中尧乐曲《咸池》中的一章。会：指节奏。以上两句互文，即"乃合于《桑林》《经首》之舞之会"之意。

⑦ 嘻：赞叹声。

⑧ 盖：同"盍（hé）"，何，怎样。

⑨进：超过。

⑩官知：这里指视觉。神欲：指精神活动。

⑪天理：指牛的生理上的天然结构。

⑫批大郤：斜劈入大的缝隙。批，斜劈。郤，空隙。

⑬导大窾（kuǎn）：顺着（骨节间的）空处进刀。

⑭因：依。固然：指牛体本来的结构。

⑮技经：犹言经络。技，据清俞樾考证，当是"枝"字之误，指支脉。经，经脉。肯：紧附在骨上的肉。綮（qìng）：筋肉聚结处。技经肯綮之未尝，即"未尝技经肯綮"的宾语前置。

⑯軱（gū）：股部的大骨。

⑰割：这里指生割硬砍。

⑱族：众，指一般的。

⑲折：用刀折骨。

⑳发：出。硎（xíng）：磨刀石。

㉑节：骨节。间：间隙。

㉒恢恢乎：宽绰的样子。

㉓族：指筋骨交错聚结处。

㉔怵（chù）然：警惧的样子。

㉕謋（huò）：象声词，骨肉离开的声音。

㉖委地：散落在地上。

㉗善：揩拭。

㉘养生：指养生之道。

译文

庖丁给梁惠王宰牛。手接触的地方，肩膀倚靠的地方，脚踩的地方，膝盖顶的地方，哗哗作响，进刀时发出霍霍的声音，没有哪一种声音不合乎音律。既合乎《桑林》舞乐的节拍，又合乎《经首》乐曲的节奏。

梁惠王说："嘻，好啊！（你解牛的）技术怎会高超到这种程度啊？"

庖丁放下刀回答说："臣下所注重探究的是解牛的规矩，已经超过一般的技术了。起初我宰牛的时候，（眼里）所看见的只是一头完整的牛；几年以后，再未见过完整的牛了。现在，我凭精神和牛接触，而不用眼睛去看，感官停止了而精神在活动。依照牛的生理上的天然结构，砍入牛体筋骨相接的缝隙，顺着骨节间的空处进刀，依照牛体本来的构造，筋脉经络相连的地方和筋骨结合的地方，尚且不曾拿刀碰到过，更何况大骨呢！技术好的厨师每年更换一把刀,是用刀割筋肉割坏的(就像我们用刀割绳子一样);技术一般的厨师每月就得更换一把刀,是砍骨头而将刀砍坏的。如今,我的刀用了十九年,所宰的牛有几千头了,但刀刃锋利得就像刚在磨刀石上磨好的一样。那牛的骨节有间隙,而刀刃很薄;用很薄的刀刃插入有空隙的骨节,宽宽绰绰地,那么刀刃的运转必然是有余地的啊!因此,十九年来,刀刃还像刚从磨刀石上磨出来的一样。即使是这样,每当碰到筋骨交错聚结的地方,我看到那里很难下刀,就小心翼翼地提高警惕,视力集中到一点,动作缓慢下来,动起刀来非常轻,豁啦一声,牛的骨和肉一下子就解开了,就像泥土散落在地上一样。我提着刀站立起来,为此举目四望,为此悠然自得,心满意足,然后把刀揩拭干净,收藏起来。"

梁惠王说:"好啊!我听了庖丁的这番话,懂得养生的道理了。"

(参考资料:王蒙. 庄子的享受[M]. 贵阳:贵州人民出版社, 2013.)

[作品档案]

庄子生活在战国中期,这是非常激烈的社会转型时期,新制度的建立以锐不可当之势荡涤着千百年来束缚人们的传统,昔日王侯将相可以一夜沦为人臣牧圉,因此,这个时代使统治阶级也实实在在地体味到了人世的艰难和人生的痛苦。在这样的时代背景下,庄子超越了其他先秦诸子为专制政治服务的狭小天地,以他独特的视角去审视生命的价值,探寻生命存在的真谛,进而提出了养生的思想,于是作此篇。

《庖丁解牛》是一则寓言故事。文章原意是用来说明养生之道的,借此揭示做人做事都要顺应自然规律的道理。全文可分四段。第一段写庖丁解牛的熟练动作和美妙音响;第二段紧接着写文惠君的夸赞,从侧面烘托庖丁技艺的精湛;第三段是庖丁对文惠君的解答,庖丁主要讲述了自己达于"道"境的三个阶段;第四段写文惠君听后领悟了养生之道。全文在写作上采用多种手法,结构严密,语言生动简练,充分体现了庄子文章汪洋恣肆的特点。

这个故事反映了大国工匠的哪种品质?

核舟记①

[明] 魏学洢

明有奇巧人曰王叔远②，能以径寸之木③，为宫室、器皿④、人物，以至⑤鸟兽、木石，罔不因势象形，各具情态⑥。尝贻余⑦核舟一，盖大苏泛赤壁云⑧。

舟首尾长约八分有奇⑨，高可二黍许⑩。中轩敞者为舱⑪，箬篷⑫覆之。旁开小窗，左右各四，共八扇。启窗而观，雕栏相望焉⑬。闭之，则右刻"山高月小，水落石出⑭"，左刻"清风徐来，水波不兴⑮"，石青糁之⑯。

船头坐三人，中峨冠而多髯⑰者为东坡，佛印居⑱右，鲁直⑲居左。苏、黄共阅一手卷⑳。东坡右手执卷端㉑，左手抚鲁直背。鲁直左手执卷末㉒，右手指卷，如有所语㉓。东坡现右足，鲁直现左足，各微侧㉔，其两膝相比者㉕，各隐卷底衣褶中㉖。佛印绝类弥勒㉗，袒胸露乳，矫首昂视㉘，神情与苏、黄不属㉙。卧右膝㉚，诎㉛右臂支船，而竖其左膝，左臂挂念珠倚之——珠可历历数也㉜。

舟尾横卧一楫㉝。楫左右舟子㉞各一人。居右者椎髻㉟仰面，左手倚一衡㊱木，右手攀㊲右趾，若啸呼㊳状。居左者右手执蒲葵扇，左手抚炉，炉上有壶，其人视端容寂㊴，若听茶声然㊵。

其船背稍夷㊶，则题名其上，文曰"天启壬戌㊷秋日，虞山王毅叔远甫刻㊸"，细若蚊足，钩画了了㊹，其色墨㊺。又用篆章㊻一，文曰"初平山人"，其色丹㊼。

通计一舟，为人五；为窗八；为箬篷，为楫，为炉，为壶，为手卷，为念珠各一；对联、题名并篆文，为字共三十有四。而计其长曾不盈寸㊽。盖简桃核修狭㊾者为之。嘻，技亦灵怪矣哉㊿！

[知识驿站]

注释

① 记：指文体。"记"这种体裁出现得很早，至唐宋而大盛。它可以记人和事，可以记山川名胜，可以记器物建筑，故又称"杂记"。在写法上大多以记述为主而兼有议论、抒情成分。此文有所删减。

② 奇巧人：技艺奇妙精巧的人。奇，奇特。王叔远：名毅，字叔远，明代民间微雕艺人。

③ 径寸之木：直径一寸的木头。径，直径。

④为：做，这里指雕刻。器皿：指器具，盘、碗一类的东西。

⑤以至：以及。

⑥罔不因势象形，各具情态：都能就着木头原来的样子模拟那些东西的形状，各有各的情态。罔不，无不，全都。因，就着。象，模仿。这里指雕刻。各，各自。具，具有。情态，神态。

⑦尝：曾经。贻余：赠我。

⑧盖大苏泛赤壁云：刻的是苏轼乘船游赤壁的故事。盖，表示推测的句首语气词。泛，泛舟，坐船游览。云，句尾语助词。

⑨约：大约。有奇（jī）：有余，多一点儿。

⑩高可二黍（shǔ）许：大约有二个黄米粒那样高。可，大约。黍，又叫黍子，去皮后叫黄米。一说，古代一百粒排列起来的长度是一尺，因此一个黍粒的长度是一分。许，上下，表约数。

⑪中轩敞（chǎng）者为舱：中间高起宽敞的部分是船舱。轩，高起。敞，宽敞。为，是。

⑫箬（ruò）篷：用箬竹叶做成的船篷。箬的异形字是"篛"。

⑬雕栏相望焉：雕刻着花纹的栏杆左右相对。望，对着，面对着。

⑭山高月小，水落石出：苏轼《后赤壁赋》里的文句。

⑮清风徐来，水波不兴：苏轼《赤壁赋》里的文句。清，清凉。徐，缓缓地，慢慢地。兴，起。

⑯石青糁（sǎn）之：用石青涂在刻着字的凹处。石青，一种青绿色的矿物颜料。糁，涂。

⑰峨冠：戴着高高的帽子。名词作动词用。髯（rán）：两腮的胡须。这里泛指胡须。

⑱佛印：人名，是个和尚，苏轼的朋友。居：位于。

⑲鲁直：宋代诗人，书法家黄庭坚，字鲁直。他也是苏轼的朋友。

⑳手卷：横幅的书画卷子。

㉑执：拿着。卷端：指画卷的右端。

㉒卷末：指画卷的左端。

㉓如有所语：好像在说什么话似的。语，说话。

㉔微侧：略微侧转（身子）。

㉕其两膝相比者：他们的互相靠近的两膝（苏东坡的左膝和黄庭坚的右膝）。比，靠近。

㉖各隐卷底衣褶中：都隐蔽在手卷下边的衣褶里（意思说，从衣褶上可以看出相并的两膝）。

㉗绝类弥勒：极像佛教中的弥勒佛像。

㉘矫首昂视：抬头仰望。矫，举。

㉙不属（shǔ）：不相类似。

㉚卧右膝：卧倒右膝。

㉛诎（qū）：同"屈"，弯曲。

㉜念珠：信佛教的人念佛时用以计数的成串珠子。倚之：（左臂）靠在左膝上。历历数也：清清楚楚地数出来。历历，分明可数的样子。

㉝楫（jí）：船桨。

㉞舟子：撑船的人，船夫。

㉟椎髻（jì）：梳成椎形发髻，属于词类活用。

㊱衡：同"横"，横着。

㊲攀：扳着。

㊳啸呼：大声呼叫。

㊴其人视端容寂：那个人，眼睛正视着（茶炉），神色平静。

㊵若听茶声然：好像在听茶水开了没有的样子。若……然，相当于"好像……的样子"。

㊶船背稍夷：船的顶部（一说底部）稍平。背，这里指船顶。夷，平。

㊷天启壬戌：天启壬戌年，即1622年。天启，明熹宗朱由校年号。

㊸虞山王毅叔远甫：常熟人王毅，字叔远。虞山，现在江苏省常熟县西北，这里用来代替常熟。甫，同"父"，古代对男子的美称，多附于字之后。

㊹钩：钩的形状。了了：清清楚楚。

㊺墨：这里的意思是黑色。

㊻篆章：篆字图章。

㊼丹：红色。

㊽曾不盈寸：竟然不满一寸。盈，满。

㊾简：挑选。同"拣"，挑选。修狭：长而窄。

㊿技亦灵怪矣哉：技艺也真神奇啊！矣和哉连用有加重惊叹语气的作用。

译文

明朝有一个技艺精巧的人名字叫王叔远，他能用直径一寸的木头，雕刻出宫殿、器具、人物，还有飞鸟、走兽、树木、石头，没有一件不是根据木头原来的样子雕刻成各种形状的，各有各的神情姿态。他曾经送给我一个用桃核雕刻成的小船，刻的是苏轼乘船游赤壁的情景。

核舟的船头到船尾大约长八分多一点，有两个黄米粒那么高。中间高起宽敞的部分是船舱，用箬竹叶做的船篷覆盖着它。旁边开设有小窗，左右各四扇，一共八扇。打开窗户，可以看到雕刻着花纹的栏杆左右相对。关上窗户，就看到一副对联，右边刻着"山高月小，水落石出"，左边刻着"清风徐来，水波不兴"，这些字都涂成了石青色。

船头坐着三个人，中间戴着高高的帽子、胡须浓密的人就是苏东坡，佛印位于右边，黄庭坚位于左边。苏东坡和黄庭坚共同看着一幅书画长卷。东坡右手拿着画卷的右端，左手轻按在黄庭坚的背上。黄庭坚左手拿着画卷的左端，右手指着画卷，好像在说些什么。苏东坡露出右脚，黄庭坚露出左脚，身子都略微侧斜，他们互相靠近的两膝，都被遮蔽在画卷下边的衣褶里。佛印像极了弥勒佛，袒胸露乳，抬头仰望，神情和苏东坡、黄庭坚不相类似。他平放右膝，曲着右臂支撑在船板上，左腿曲膝竖起，左臂上挂着一串念珠，靠在左膝上——念珠简直可以清清楚楚地数出来。

船尾横放着一支船桨。船桨的左右两边各有一名船夫。位于右边的船夫梳着椎形发髻，仰着脸，左手倚在一根横木上，右手扳着右脚趾头，好像在大声呼叫的样子。左边的船夫右手拿着一把蒲葵扇，左手轻按着火炉，炉上有一水壶，那个人的眼睛正视着茶炉，神色平静，好像在凝神倾听茶水烧煮的声音。

船的顶面（一说底部）较平，作者的名字题写在上面，刻的是"天启壬戌秋日，虞山王毅叔远甫刻"，字像蚊子的脚一样细小，笔画清楚明白，字体的颜色是黑色。还刻着一枚篆字图章，文字是："初平山人"，字的颜色是红的。

计算这一条船上统共刻了五个人；八扇窗户；用箬竹叶做的船篷，做的船桨，做的炉子，做的茶壶，做的画卷，做的念珠各一件；对联、题名和篆文，刻的字共计三十四个。可是计算它的长度，竟然还不满一寸。原来是挑选长而窄的桃核雕刻而成的。啊，手艺技巧也实在是太神奇了！

（参考资料：时存. 中国历代散文精品秀[M]. 贵阳：贵州人民出版社，2014.）

[作品档案]

魏学洢（约1596—约1625年），字子敬，明末嘉善（今属浙江省嘉兴市）人，散文家。其好学善文，著有《茅檐集》。被清代人张潮收入《虞初新志》的《核舟记》，是其代表作。

《核舟记》是一篇说明文。此文细致地描写了微雕工艺品"核舟"的形象，其构思精巧，形象逼真，反映了中国古代雕刻艺术的卓越成就，表达了作者对王叔远精湛技术的赞美，高度赞扬了中国古代劳动人民的勤劳与智慧。全文语言生动平实、简明洗练，将"核舟"的形象刻画得十分具体，其上的人物亦描绘得逼真又生动，很能体现作者细腻的文笔，颇具匠心。

作为新时代的技能型人才，结合你所学专业，谈谈如何养成工匠精神。

匠心之道"守破离"

刘根生

一部《战争与和平》，草婴翻译了六年。他一生追求像原著一样的艺术标准，翻译作品始终遵从六道工序：研读原著、译文、读译文、请人朗读、交编审、打磨求"神韵"。连环画泰斗贺友直的作品被称为"把故事画活了"，生前却自称是个"大匠人"，"蜗居"闹市数十年，每日挥毫不止，在中国传统线描中融入西画写实造型方法，将线描艺术推向高峰。他们都有一个共同特点，就是独具匠心，终而造诣精深，成其大器。

匠心之道，看似无着处，实则有迹可循。有一本叫《匠人精神》的书，这样讲成为一流工匠的"守破离"：跟着师傅修业谓之"守"，在传承中加入自己想法谓之"破"，开创自己新境界谓之"离"。由此我们也可以引申为各行业的匠心之道：守，以理想为基，久久为功而不改初衷，精益求精而臻于至善；破，以思考为底，无思考则无变化，无变化则始终是老样子，学而思才能"芳林新叶催陈叶"；离，以创新为核，有非同寻常的构想，方能"人无我有，人有我强"。草婴、贺友直等的艺术造诣，可说是对此的生动诠释。善于"守破离"，何愁不能有所创造，有所成就？

守，意味着长久等待和超常吃苦。当年，法拉第要弟子每天记录实验结果，弟子觉得这事枯燥乏味没意义，不久就走了。后来，法拉第因电磁学方面的重大发现而获得殊荣，面对一事无成又找上门来的弟子，他说自己不过是把弟子认为没意义的事坚持了十年，在记下数千个"NO"之后，终于写下了一个"YES"。今天，有的研究者缺少坐"十年冷板凳"的决心和毅力，耐不了寂寞，稳不住心神。有的人在立项资助"诱惑"下，频繁转换科研"频道"，甲地优惠到甲地，乙地优惠又跑回乙地。心上长草"守不住"，飘移不定，又如何能把一件事干到极致？

破，意味着在突破和完善中超越。齐白石说："学我者生，似我者死。"这是要后人不能止步于临摹，而要学其神韵善突破。一种现象存在已久，学某某而安于做"小某某"或"小小某某"。如同"受过训练的跳蚤"，即使盖板已拿掉，也不会越过原有高度。没有"破"，"守"则成墨守成规，"离"则无从谈起。没有最好，只有更好。前人技艺再高，也终究有局限性。小疑小进，大疑大进。扬前人所长而补其短，方能在推陈出新中别开生面。

离，意味着在颠覆成见中寻求新发现。当年，女科学家麦克林托克发现"跳跃基因"。因其"离经叛道"，同行骂她疯了。多年后，其成果才得到承认，她也因此获诺贝尔奖。"破属于推陈出新，是横向进步；"离"属于颠覆性创新，是纵向进步。历史的高峰永无止境，"不日新者必日退"。多些颠覆性创新，才会有一个又一个"山外山、峰上峰"。对新发现应先察而勿先骂，宽容"离经叛道"，激励"异想天开"，为颠覆性创新批量出现营造优良土壤。

"技可进乎道，艺可通乎神。"匠心是精雕细刻和精益求精之心，是追求卓越不断超越之心，是破除成见不断创新之心。匠心之道贵在"守破离"。

[作品档案]

守、破、离，也许能给我们些许在工匠精神养成上的提示。

"守，是跟着师傅修业，模仿师傅的心理建设，以学习生活态度、基本训练、程序、心得、技术等必须具备的修为。在这个阶段，对于师傅所传授的要忠实、全力地吸收。守指放下自己的高傲，虚心向周围所有人学习。"

在守这个阶段，最难的不是技艺本身，最难的是自我心性的修炼。没有尽头且枯燥的生活，简单而机械的技艺模仿，这一切不是每一个人都能坚持住的。然而，这却是具备工匠精神最重要的一环，且不可跨越。只有经过这样的磨炼，才能从浮躁轻狂变得深沉厚重，才能从恃才傲物变得谦虚内敛，借此所学的技艺才能入心入脑。

"破是将师傅传授的基本形式，下功夫变成自身本领的阶段。通过一边摸索一边犯错，在师傅传授的本领中加入自己的想法。如果没有坚实的基础，自己擅加修改也是行不通的。"

在成为匠人的路上，光有守还是远远不够的，必须精进至"破"。在信息时代，技艺要想老树新芽，首先要从"破掉旧的思维"开始。就技艺本身而言，国画大师齐白石讲"学我者生，似我者死"，如果徒弟的技艺只是停留在模仿师傅上，那么他永远不会超越师傅。在模仿师傅的基础上，一定要批判性接受，有自己的创新之处。

"离就是开创自己新的境界，也就是从师傅那里独立出来。"

如果说"守"着重于显"模仿"二字，"破"着重于一个"新"字，"离"则是脱胎换骨、破茧成蝶，实现质变。离，不是对原有事物的简单模仿和修补，而是真正做到重构，改变了原来的外部形态和内在结构，甚至创新出一种新的形态、业态。

工匠精神的养成之路，守是基础，破是方法，离则是结果。

谈谈你对"守破离"与工匠精神关系的理解。

一生只忠诚于一件事

丁立梅

知道那个叫米索，又名侯赛因·哈撒尼的人，是在一份晚报上。狭长的一角，有篇特稿，报道的是他。

寥寥数笔，却用了很长的标题——《萨拉热窝一擦鞋匠辞世，众多市民自发聚集致敬》。我剪下了那篇特稿，收藏了。

他出生于波黑，一个普通的平民之家。父亲是个擦鞋匠，凭着这份手艺，养活全家。二十一岁时，米索接过父亲的擦鞋摊，成为萨拉热窝街头一名年轻的擦鞋匠。

不难勾画出这个时候米索的样子：高高的个头，白净的皮肤，有着黑色的或淡黄的微卷的发。深凹进去的大眼睛，炯炯的。浑身蓬勃着年轻人特有的朝气，像只拔节而长的笋。萨拉热窝人亲热地称他，米索小伙子。

每日里，他晨起摆摊，暮降返家，风雨无阻。所做的事，单调得近乎机械，就是埋头擦鞋。他却深深热爱着，近乎虔诚地对待着手底下的每双鞋。

他一边擦鞋，兴许还一边哼着歌。他做着一个快乐的擦鞋匠。看到他，人们再多的愁苦，也消减许多。

一年过去了，他在街头擦鞋。再一年过去了，他还在街头擦鞋。再再一年过去，他仍在街头擦鞋。

渐渐地，他擦成萨拉热窝街头的一个标志、一道风景。人们出门，总习惯性地先去找寻他的身影。哦，哦，米索在呢，人们的心，会因他而雀跃一下。天地立即安稳下来。

日转星移，寒暑更替，许多个年头，不知不觉过去了，他由年轻的米索小伙子，变成了人们口中的米索大叔。

"只要他不走，我们就知道即使今天天塌了，我们明天还会活得好好的。"人们说。

他活了下来，和他的萨拉热窝一起。他继续做着他的擦鞋匠，晨起摆摊，暮降返家。外面是天晴日丽也好，风雨琳琅也罢，他的江山不改。他把一份卑微的职业，做成崇高和传奇。

2009年，米索荣获政府表彰，获赠一套房和一大笔退休金。他对着媒体镜头，极为平淡地表达了自己的心声："很多人问我为什么要坚持这一行？我认为这份工作已经融入我的血液中，我会一直擦到生命尽头。"

他做到了。八十三岁这年，他走完了他擦鞋匠的一生。他的遗像，被摆放在萨拉热窝街头，供人瞻仰。人们还在他的遗像旁，放置了一双干净的皮鞋。

一生只忠诚于一件事，世界之大，能有几人？

[作品档案]

丁立梅，笔名梅子，紫色梅子，江苏东台人，教师，中国作家协会会员。系《读者》《青年文摘》《意林》等杂志签约作家。多篇文章被设计为中考、高考现代文阅读题。

你身边有米索这样数十年如一日坚持做好一件事的人吗？请与大家分享他的故事。

大国工匠年度人物及颁奖词（节选）

高凤林：火箭发动机焊接技术

【颁奖词】突破极限精度，将龙的轨迹划入太空；破解二十载难题，让中国繁星映亮苍穹！焊花闪烁，岁月寒暑，高凤林，为火箭铸"心"，为民族筑梦！

李万君：复兴号高铁转向架焊接

【颁奖词】一把焊枪，一双妙手，他以柔情呵护复兴号的筋骨；千度烈焰，万次攻关，他用坚固为中国梦提速。李万君，那飞驰的列车，会记下你指尖的温度！

夏立：为重要科学设施组配高精度天文装置

【颁奖词】技艺吹影镂尘，擦亮中华翔龙之目；组装妙至毫巅，铺就嫦娥奔月星途。夏立，当"天马"凝望远方，绵延着我们的期待，也温暖你的梦想！

王进：超、特高压带电操作技术

【颁奖词】平步百米铁塔，横穿超、特高压。世界第一的荣耀，他直面生死从容写下！王进，在"刀锋"上起舞，守护着岁月通明，灯火万家！

朱恒银：发明深度钻探技术

【颁奖词】从地表向地心，他让探宝"银针"不断挺进。一腔热血，融入千米厚土；一缕微光，射穿岩层深处。朱恒银，让钻头行走的深度，矗立为行业的高度！

乔素凯：核反应堆燃料棒组件精密修复

【颁奖词】四米长杆，二十六年，五万六千步的零失误让人惊叹！是责任，是经验，更是他心里的"安全大于天"！乔素凯，你的守护，如同那汪池水，清澈蔚蓝！

陈行行：激光器与核武器精密加工

【颁奖词】青涩华年化为多彩绽放，精益求精生成青春信仰。大国重器的加工平台上，他用极致书写精密人生。陈行行，胸有凌云志，浓浓报国情！

王树军：先进发动机精神修复

【颁奖词】他是维修工，也是设计师，更像是永不屈服的斗士！临危请命，只为国之重器不能受制于人。王树军，中国工匠的风骨，在平凡中非凡，在尽头处超越！

谭文波：发明石油试采新装置

【颁奖词】听诊大地弹指可定，相隔厚土锁缚气海油龙。宝藏在黑暗中沉睡，他以无声的温柔唤醒。谭文波，你用黑色的眼睛，闪亮试油的"中国路径"！

李云鹤：敦煌壁画修复

【颁奖词】风刀沙剑，面壁一生。洞中一日，笔下千年！六十二载潜心修复，八十六岁耕耘不歇。李云鹤，用心做笔，以血为墨，让风化的历史暗香浮动，绚烂重生！

[作品档案]

"大国工匠年度人物"发布活动是由全国总工会和中央广播电视总台联合举办。活动经过推荐、初选、评委会评选等环节。"大国工匠年度人物"发布活动于2018年首次举办，迄今已举办五届，共推选出高凤林、竺士杰、艾爱国等五十位家喻户晓的大国工匠。

2023年"大国工匠年度人物"推荐标准：一是热爱祖国，坚决拥护中国共产党的领导和社会主义制度，模范遵守党纪国法；二是突出工匠人才，长期在生产一线工作，具有世界一流、国家和行业顶尖技能水平；三是具有家国情怀和感人事迹；四是具有省部级以上劳动模范、全国五一劳动奖章或省部级工匠人才称号的荣誉基础，在群众中享有较高声誉。

我读我思

你有自己推崇的大国工匠年度人物吗？请给大家分享他的事迹。

朗读训练

寓言的朗读

在寓言的朗读中，必须坚持实事求是。是怎样的寓意，就朗读这样的寓意，切勿牵强附会，努力拔高。

从理解上说，朗读者要从寓言本身出发，精细地研究作品，在感受作品提供的形象体态中生发出与内容相关联、相一致的道理来。

从表达上说，朗读者也要从寓言的具体内容出发，在它所具有的一般意义上给予表达，不应该增加过多的、超越寓意的含义，更不应该加上自己的特定意向。

这里需要强调的是：首先，寓言中的形象体态只有在朗读者的脑海里活跃起来，才有可能表现出来；其次，那有声语言中必须饱含具体的形象感受；最后，在朗读时，声音的塑造必须多样化。

寓言的朗读是不能刻板的，也是不能说教的。如果不能以丰富的形象体态揭示寓意，寓言朗读的目的就没有完全达到。

参考文献

[1] 蔡义江，蔡国黄．怀我好音：诗词体裁与唐宋名篇鉴赏［M］．杭州：浙江文艺出版社，2008．

[2] 河北广播电视台《中华好诗词》项目组编．中华好诗词（第三辑）［M］．北京：朝华出版社，2018．

[3] 何举芳．中华经典美文选读［M］．兰州：敦煌文艺出版社，2019．

[4] 贾飞．晨读：每天一首诗［M］．北京：中国青年出版社，2023．

[5] 师永波．中华经典晨读［M］．成都：电子科技大学出版社，2020．

[6] 李家晔，李洪武．菜根谭：做人做事大智慧［M］．北京：中国城市出版社，2009．

[7] 王周锁．中华经典晨读百篇［M］．西安：西北大学出版社，2019．

[8] 王浩瑜．跟我学朗读［M］．上海：上海教育出版社，2018．